남한산
초등학교
이야기

배움과 나눔으로 삶을 가꾸는

남한산 초등학교 이야기

김영주 박미경 박용주 심유미 윤승용 황영동

문학동네

차례

1부

남한산으로
들어서다

이것은 남한산초등학교가 써 내려간
한 편의 이야기일 뿐이다.
시작할 때부터 문제가 없었던 적도,
쉽게 간 적도 없었다.
우리가 처한 상황에서
최선을 다해 교육적인 논의와 실천들을
이어 가는 원칙만 지켜 낸다면,
쉽지 않은 과정 그 자체도
큰 의미가 있을 것이라 믿는다.
남한산의 교육 이야기를 바탕으로,
다른 지역과 학교에서
또 다른 이야기들이 태어나길 바란다.

배움과 나눔으로
삶을 가꾸는

남한산초등학교

김영주

2000년, 남한산초등학교 살리기

남한산초등학교는 1912년 개교하여 2012년에 100주년을 맞았다. 남한산초등학교는 남한산성도립공원 안에 있어서 자연경관이 빼어나며, 역사적 교육 현장으로도 의미 있는 학교이다. 하지만 남한산성 도립공원 정비 계획에 따라 문화재 보호를 위해 주거 환경이 제한되면서 학생 수가 점차 감소하였다. 2000학년도에 전교생 26명, 복식 3학급만 남아, 결국 2001년 3월 1일자로 폐교될 위기를 맞았다.

남한산성 인근 지역에서 시민모임을 하는 학부모들이 2000년 여름방학 연수로 학교에 왔다가 우연히 폐교 소식을 듣고, 자연 속에 있는 아름다운 학교가 없어지는 것이 안타까워 고민을 시작했다. 학생들이 있어야 학교를 다시 살릴 수 있기에, 학부모들이 곧바로 전입학

추진위원회를 만들기로 했다. 또 전교조 경기지부에 학교를 다시 살릴 만한 분을 소개해 달라고 하여 안순억 선생님이 제일 먼저 이 움직임에 합류하였다. 이후 김영주, 최지혜, 서길원 선생님이 함께하게 되었다. 김영주는 동화작가로, 최지혜 선생님은 풍물로, 안순억 선생님은 문학교육으로, 서길원 선생님은 미술교육과 교육제도 연구로 잘 알려진 교사들이었다.

교사들은 정식으로 발령받기 전부터 여러 차례 모여 새로운 학교에 대한 구상과 기존 학교의 문제들을 극복할 방법에 대해 이야기하였다. 저마다 현재 학교에서 아이들의 삶이 너무 힘들다는 데 동의를 했고, 적어도 학생들의 삶을 가꾸는 일에 집중하는 학교를 만들고 싶어 했다. 겨울방학 때는 학교에 와서 흔히 말하는 노가다를 했다. 폐교 직전이었기 때문에 유치원은 없어지고 컴퓨터, 책상과 폐물건들만 쌓여 있었다. 학생을 맞이할 교실과 학교를 정리하는 데 많은 공을 들였다.

교장 선생님은 남한산성 바로 아래 있는 은행초등학교에 가서 학교 살리기에 관한 설명회를 하였고, 전입할 의사가 있는 학부모들을 위한 설명회도 열었다. 동시에 지역 동문, 상인협회 분들, 이장님들, 전보삼 만해기념관 관장님 등이 남한산초등학교를 살리는 일에 헌신적으로 참여했다. 추진위원회 학부모들과 선생님들이 처음으로 함께 모였고, 학교를 어떻게 가꾸어 나갈 것인지 의견을 모았다. 함께 모여 이야기를 나누는 남한산초등학교의 문화는 지금까지도 이어지고 있다. 학부모와 지역 사람들이 자기 일처럼 발 벗고 나서지 않았다면 학교는 다시 살아나지 못했을 것이다.

초기 네 명의 교사 이외에도 많은 교사들이 함께했으며, 학부모들도 학교가 다시 살아난 이후에 더욱 도움을 많이 주었다. 학부모들의 도움이 있었기에 어려운 시기를 잘 넘길 수 있었다. 이런 힘으로 지금은 170명가량의 학생들이 학교를 다니고 있다. 80% 이상이 남한산초등학교에 다니기 위해 전입한 학생들이다.

초기 남한산초등학교를 다시 살리고자 자원해서 온 네 명의 교사 가운데 서길원 선생님은 현재 성남 보평초등학교에서 내부형 공모제 교장으로, 작은 학교가 아닌 큰 학교에서 새로운 교육을 시도하고 있다. 안순억 선생님은 김상곤 교육감이 당선되면서 경기도교육청으로 들어가서 학교 혁신에 도움을 주고 있다. 최지혜 선생님은 일반 학교에서 학생들을 가르치고 있다. 김영주는 다른 학교로 갔다가 2009년에 다시 남한산초등학교에 와서 내부형 공모제 교장이 되어 남한산 교육을 이어 가고자 노력하고 있다.

2001-2008, 학생을 존중하는 학교 만들기

　남한산초등학교에 새로 모인 교사들은 학생을 존중하고 학생의 삶을 가꾸자는 뜻을 갖고, 저마다 자기 자리에서 제도를 바꾸거나 학생 중심의 수업을 실천하며 산 사람들이었다. 무엇보다 기존의 학교에서 교실과 교실 사이, 교사와 교사 사이의 자유로운 소통이 어려운 탓에 학생들이 힘들어하고 제대로 성장하지 못하는 것을 안타까워했다. 교사는 점점 타율적으로 바뀌고, 교사와 학생, 학부모 사이의 신뢰는 무너지고 있었다. 이를 바로잡는 것이 급선무라고 생각해서 잘못된 것을 없애고 학생 성장을 돕는 제도를 새로 만들어 남한산초등학교에서 실천하기로 했다.

새로운 것을 보태기보다 안 좋은 것들을 버리거나 바로잡는 일을 했다

　주번 제도, 상장 제도, 벌점 제도, 월요 애국조회, 토요 반성조회, 일제식 중간고사와 기말고사, 타율적 어린이회의, 전달식 교직원회의, 군대식 줄 서기, 숫자로 학생 부르기 등을 없앴다.

꼭 필요한 것들을 합의하여 새롭게 만들었다

　'참삶을 가꾸는 작고 아름다운 학교'라는 공동의 목표를 설정하고, 체험과 통합을 중시하는 교육방법을 연구하였다.

학생들이 의자에 앉아서 교사에게 일방적으로 듣고 필기하는 설명식 수업의 문제점을 인식하고, 체험이 가능한 수업을 고민하게 되었다. 무엇보다 몸으로 움직이는 체험이 필요한데, 40분은 턱없이 부족했다. 그리기, 만들기, 놀이하기, 주변 돌아보기 등의 간단한 체험만 하려고 해도 최소 3, 40분의 시간이 필요했다. 그래서 40분 단위 수업 두 개를 묶어 80분 블록수업을 만들었다. 블록수업 사이에는 놀이시간을 30분 두어서 넉넉한 시간 동안 놀고 쉬도록 했다. 놀이가 일어나려면 최소 10분의 준비가 필요하고, 20분은 놀아야 땀이 난다. 아이들은 그제야 '놀았다'고 말한다.

수업 내용 면에서는 통합을 지향했다. 낱낱이 쪼개진 지식을 배우는 것이 아니라 주제 중심으로 통합하여 교육할 수 있도록 하였다. 전교생이 선후배와 함께 모둠을 짜서 야영을 하는 1박 2일 통합활동인 '숲속학교'와, 학기 말에 일주일 동안 진행되는 '계절학교'를 열었다. 계절학교는 무학년제(여러 학년 학생들이 함께 배우는 제도), 주기집중형 프로그램이다. 여름계절학교 때는 기초 생활 소재인 흙(도예), 실(직조), 천(가방), 나무(목공), 음식(요리) 중에 하나를 선택하여 배운 다음 마지막 날 전시회를 연다. 겨울계절학교는 공연문화체험으로, 춤(재즈댄스, 라틴댄스), 노래(중창, 민요), 극(마당극, 연극), 매체(영화, 사진)를 배워서 마지막 날 무대에서 공연을 한다.

방과 후 활동으로 국악을 12년 동안 꾸준히 하고 있는데, 특히 큰 효과를 내고 있다. 일주일에 두 번씩 외부 전문강사가 국악기 지도를 한다. 1, 2학년은 장구와 민요 부르기, 3학년부터는 풍물, 해금, 거문고, 가야금, 대금, 소금 등 악기를 배워서 학기 말에 모든 학생들이 국악 관현악 연주회를 한다.

학생 자치의 실현을 위해 '다모임'을 만들었다

기존 학교에 학급어린이회의와 전교어린이회의가 있지만 형식적인 회의로 끝나고 마는 것을 교사들과 아이들이 이미 경험한 터라, 모든 학생들이 모여 의견을 내고 함께 결정하고 책임지는 자치회 '다모임'을 만들었다. 일주일에 한 번씩 체험학습관에 모든 학생이 모여 회의를 열었다. 처음에는 누가 누구를 놀린 이야기, 때린 이야기 등 개인적인 이야기가 많았지만 6개월, 1년이 지나면서 학교의 규칙 정하기, 수재민 돕기 등의 의제까지 다루게 되었다. 지금은 행사부, 문화부, 체육부, 봉사부, 도서부 등의 활동이 활발하게 이루어지고 있다. 예를 들어 행사부에서 진행하는 바자회, 봉사부의 학교 청소, 도서부의 책갈피 찾기, 문화부의 노래대회, 체육부의 축구대회 등이 처음부터 끝까지 학생들의 자발적인 계획으로 진행된다. 가끔 교사들에게 경기의 심판을 봐 달라거나 중계방송을 위해서 마이크를 연결해 달라는 부탁 정도를 할 뿐이다.

즐거운 놀이와 편안한 배움이 가능한 학교를 만들고자 했다

해발 400m에 위치한 남한산초등학교의 자연과 숲을 배움터로 적극 활용했다. 운동장 가장자리로 둥그렇게 떨어져 있던 놀이 기구들을 모아서 '숲속햇빛마을'(학생 공모로 뽑힌 새 놀이터 이름)을 만들었으며, 숲속교실 만들기, 학교 옆 냇가 이용하기, 뒷산 산책로에서 아침 산책하기, 참여 설계를 통한 작은 도서관 만들기, 교실 바닥에 난방을 하여 맨발로 편안하게 지낼 수 있는 공간 확보하기 등을 하였다.

교사 자치, 학부모 자치를 실현하는 공동체 학교를 만들고자 했다

기존 학교의 의사결정체계가 교장, 교감, 교사의 수직적 체계였다면 남한산초등학교는 교사들의 회의를 통해서 대부분의 내용을 의논하고 결정하고 실천하였다. 교장도 교사회의의 의견을 존중하였으며, 교육과정에 관해서는 한 사람의 교사로 참석하여 의견을 냈다. 교사들은 무엇보다 일주일 사이에 일어난 학급의 아이들 이야기를 먼저 꺼내어 공유했으며, 문제가 발생하면 함께 답을 찾으려는 노력을 했다.

학부모들은 학생들처럼 학부모 전체 다모임과 반 다모임을 만들어서 의견을 모으고, 함께 실천할 일들을 분담하고, 학교에 궁금한 내용을 질문하거나 건의를 하였다. 동화 모임, 학부모 인문학 아카데미, 여행, 축구, 노래, 해금, 대금, 바느질, 목공 등의 다양한 학부모 동아

리활동도 이루어졌다. 여행 동아리는 학생들과 함께하는 여행을 기획
하여 달마다 여행을 가기도 했다. 동화 모임은 동화를 함께 공부하다
인형극을 공연하게 되었는데 처음에는 학교에서만 하다가 나중에는
마을이나 노인정에서도 공연을 이어 갔다. 아빠들의 참여도 눈에 띄
게 늘어서 '아빠랑'이라는 동아리를 반마다 따로 만들어 활동하고 있
다.

2009-2011, 돌아보기와 흩어진 구슬 꿰기

   새로 온 교장 김영주와 교사들은 회의 끝에 그동안의 실천을 반성
하고 교육의 본질에 충실하자는 데 뜻을 모았다. 2009년부터 교사들
이 먼저 회의를 하여 그동안 실천한 내용들을 꼼꼼하게 되돌아보았
으며, 이를 바탕으로 학부모들과 학생들의 의견을 물었다. 학부모들
은 유치원과 1학년부터 6학년까지 각 반, 동아리 대표단, 학부모 운
영위원 등을 대상으로 열 번에 걸쳐 교육과정 설명회와 의견 나누기
를 하였다. 공유된 것을 정리하여 새로운 교육과정을 만들었다. 새로
운 내용을 채우기보다 흩어진 실천들을 꿰는 작업이었다.

목표를 뚜렷하게 하여 공유하였다

'참삶을 가꾸는 작고 아름다운 학교'에서 '참삶', '작다', '아름답다' 는 모두 개념어로, 규정하기에 따라 뜻이 달라질 수 있다. 그래서 새로운 뜻매김이 필요했다. 삶을 가꾼다는 말만 놓고 논의를 다시 시작했다. 삶을 가꾸려면 배움이 잘 일어나야 한다. 배움은 다시 몸으로 (체험), 스스로(자발성), 함께(협동), 새롭게(창의), 기쁘게(깨닫기) 할 때 가능하다고 보았다. 또한 남한산초등학교 학생들의 생활에서 나눔에 대한 고민이 부족하다는 이야기를 하였다. 본디 배움 속에 나눔이 있긴 하지만, 그러한 지적에 따라서 나누는 삶을 목표에 넣고, 귀담아 듣기, 배려, 소통, 공공성, 봉사를 실현하도록 구체화하였다. 남한산초등학교의 목표는 '배움과 나눔으로 삶을 가꾸는 학교'로 새롭게 바뀌었다. 나눔의 의미를 실천하기 위한 '돌봄짝' 프로그램이나 아프리카 영유아를 위한 모자 뜨기 등 꾸준한 활동이 이어지고 있다.

균형을 찾고자 노력하였다

남한산초등학교는 주지교과보다는 예술교과를, 주지교과 안에서도 자연과학보다 인문사회교과를 더 중요하게 여기는 경향이 있었다. 기초교과에서는 수학보다 국어에 더 치중하는 학교였다. 그렇지만 초등학교에서는, 아이들이 모든 영역을 고르게 배우고 저마다 다양한 영역에서 자기의 가능성을 탐색할 수 있어야 한다. 국어와 수학의 균형,

주지교과와 예술교과의 균형, 인문사회와 자연과학의 균형, 교과수업과 재량특활시간의 균형 등을 추구하기로 하였다. 그동안 수학, 과학은 각 담임 교사에게 맡기고 연극, 글쓰기, 계절학교 전시회 및 발표회, 숲속학교 등에 치중한 것이 사실이었다. 대부분 교과수업 외의 활동을 통해 학교의 빛깔을 만들어 왔는데, 이보다 더 많은 비중을 차지하는 교과수업을 어떻게 꾸려 갈 것인지를 더 고민하게 되었다. 이를 위해 국어, 수학교과 연수를 기획하였으며, 삶과 말과 글을 이어 주는 국어교육, 수학적 사고가 일어나는 수업방법 등을 연구하고 이를 실현하기 위해 글쓰기 공책, 책 읽기 수첩, 수학 공책 등을 자체 제작하여 1학년부터 6년간 활용하도록 하였다.

목표, 내용, 방법, 평가를 한 안목으로 꿰어 보려고 하였다

'배움과 나눔으로 삶을 가꾸는 교육'이라는 목표는 학교의 구성원 모두가 공유하는 목표이다. 교사나 학부모가 학생을 교육하기 위한 것이 아니라, 남한산 교육공동체 안에 있는 모든 사람들이 지향할 공통의 목표로 인식되어야 하는 것이다. 배움과 나눔으로 삶을 가꾸는 어린이, 배움과 나눔으로 삶을 가꾸는 교사, 배움과 나눔으로 삶을 가꾸는 학부모로서 어떻게 살아야 하는지 고민이 있었다. 1년여에 걸친 교사회의를 통해 교사뿐 아니라 학생 스스로 자신을 평가할 수 있는 통지표를 개발하였다.

또한 배움과 나눔이 일어나는 수업안에 대한 논의, 수업 에세이 쓰기와 이야기 나누기, 평소 학생들의 배움과 성장 과정을 모은 '자람나무' 만들기 등의 활동을 하였다. 배움과 성장의 결과를 드러내는 발표회와 전시회, 프로젝트 수업, 남한산초등학교 교육 이야기를 전국 교사들과 공유하기 등을 실천하였다.

경기도교육청의 행정적 지원이 큰 힘이 되었다

남한산초등학교가 혁신학교 모델로 떠오르면서 경기도교육청으로부터 많은 지원이 있었다. 예산 지원과 분반, 행정실무사 확대 배치, 혁신학교 연수, 내부형 교장 공모제 운영 및 초빙교사제 확대, 교사연구년제 확대 등은 남한산초등학교가 민주적이고 교육 중심적으로 운영되는 데 도움을 주고 있다. 이와 더불어 학생인권조례 제정을 통한 학생 존중, 일제식 고사 지양, 창의지성교육 지향 또한 남한산초등학교가 학생 중심 교육을 더욱 확대하여 수행할 수 있는 여건을 조성해 주었다.

교육과학기술부 전원학교 지정도 도움이 되었다

남한산초등학교를 모델로 생긴 전주 삼우초등학교, 아산 거산초등학교, 상주 남부초등학교, 부산 금성초등학교 등이 교과부 전원학교 사업의 모델로 지정되었다. 학생 수가 줄어든 시골 학교들을 대부분

통폐합하는 것이 교과부의 정책이었으나, 그동안 남한산초등학교를 비롯한 몇몇 학교들에 오히려 학생 수가 늘었다는 것을 발견하여 수립한 사업이다.

교과부의 예산 지원을 받고 참여 설계를 통해 학교 환경을 개선하였다. 한옥의 툇마루 개념을 도입하여 획일적인 네모 교실에서 탈피하고, 아이들의 정서와 건강을 위해 나무로 된 자재를 사용했으며, 아이들의 동선을 고려하여 운동장, 계단, 나무교실, 교실이 바로 이어지도록 하였다. 더불어 미술 프로젝트, 과학 프로젝트, 체험활동을 확대하고, 저학년 보조교사제 도입, 교재와 교구 구입, 작가와의 만남 행사 등을 통해 더 나은 교육을 할 수 있었다.

2012-2015, 앞날 내다보기

이제 이 이야기가 책으로 나오면 남한산초등학교 11년 동안의 실천들이 정리된다고 할 수 있다. 어느 정도 안정적 분위기가 갖추어지니 다시 남한산 교육의 한계가 보였다. 배움의 시작이 학생 스스로 하는 데 있다고 했는데 정말 그러했던가 하는 의문이었다. 학생들에게 가장 기억에 남는 일이나 배움에 대해 물어보면 처음 계획 단계부터 끝날 때까지 스스로 결정하고 갈등하고 해결한 것들을 이야기한다. 예를 들어, 1학년부터 6학년까지 한 모둠을 이루어 야영하는 숲속학교, 학생회 스스로 기획하고 진행하고 정리하는 바자회, 모둠끼리 견학한 이야기, 학생 자치회 다모임이 기획한 노래대회, 축구대회, 피구대회, 야구대회, 봉사활동 등이었다.

지금까지 우리 학교 프로그램이나 수업 내용 상당 부분은 교사 중심이었다. 물론 학생들의 배움과 나눔을 위해 한 것이지만 뭔가 본질적인 차이가 있었다. 앞으로 10년을 더 가려면 진정 학생 스스로 하는 학생 중심의 학교는 어떻게 가능한가를 더 고민하고 공부하고 실천해야 한다. 어른이 학생에게 기회를 부여하거나 혜택을 주는 것이 아니라 스스로 배울 권리, 스스로 누릴 권리라는 차원에서 접근할 필요가 있다. 학생은 스스로 배울 권리가 있다. 새로운 제도를 도입하는 것도 중요하지만 기존에 합의한 인권이나 민주적 제도나 규정에 관한 보편적 실천이 더 중요하다고 본다.

최근 남한산초등학교가 많이 알려지면서 학생 수가 급증하였다. 한 학년당 한 학급인 작은 학교지만, 학급당 학생 수는 30명을 넘어섰다. 기존 학교에 적응하지 못하거나 힘들어서 남한산초등학교로 오는 아이들도 늘어나고 있다.

우리 학교는 섬이 아니므로 함께 살아야 한다. 어려운 아이든, 잘사는 아이든, 문제가 있든 없든, 아이들만 바라보며 올바른 성장을 위해서 노력해야 한다. 그래서 교사들은 고민이 많다.

제도도 중요하지만 희망을 그리는 '사람'이 먼저다. 제도를 만드는 것도, 그 속에서 살아가는 것도 사람이기 때문이다. 시작할 때부터 문제가 없었던 적도, 쉽게 간 적도 없었다. 우리가 처한 상황에서 최선을 다해 교육적인 논의와 실천들을 이어 가는 원칙만 지켜 낸다면, 쉽지 않은 과정 그 자체도 큰 의미가 있을 것이라 믿는다. 이것은 남한산초등학교가 써 내려간 한 편의 이야기일 뿐이다. 남한산의 교육 이야기를 바탕으로, 다른 지역과 학교에서 또 다른 이야기들이 태어나길 바란다.

2부

남한산에서 배우다

아이들의 환한 표정과
얼굴에 얼룩져 있는
땟국물이 참 보기 좋다.
한참을 신 나게 뛰어논
아이들 얼굴은 환하다.
그렇게 환할 수 없다. 누군가
'아이들이 희망이다!'라고 했다.
아이들의 환한 얼굴을 보면
그 말뜻을 알아차릴 수 있다.
환한 얼굴을 가진
아이들에게서 희망을 보고
미래를 본다.

김영주

배움은
마음에서 자라는
나무

남한산 품에 안기다

맑은 공기와 싱그러운 바람을 스치며 학교로 간다. 학교에 들어서면 교문 양쪽으로 우뚝 선 전나무 형제가 있다. 전나무 형제들은 아이들이 등교하는 모습을 흐뭇하게 내려다본다. 늘 그 자리에서 아이들을 맞고 보내며 학교를 지켰다. 정문에 전나무 형제가 있다면 연무관 쪽 옆문에는 500살이 넘은 느티나무 할아버지와 할머니가 있다. 폭풍에 가지가 꺾이면서도 100년 동안 이 학교와 아이들을 지켜 왔다. 뒷산에는 많은 소나무들이 병풍처럼 둘러서서 포근함을 더해 주고 있다.

혼자서 들어오다 땅바닥에서 개미를 발견하고 관찰하는 아이,

둘이서 손을 꼭 잡고 오순도순 이야기하며 들어오는 아이,

친구, 형, 언니를 만나 반갑게 인사한 뒤 손을 잡고 들어오는 아이,

교실 앞 나무교실에서 친구를 기다리다 "호영아!" 부르는 아이,

교실 앞 나무에 올라가 장난을 치는 아이,

운동장 놀이터에 모여서 아침놀이를 하는 아이,

뒷산 놀이터에서 그네를 타며 하늘을 나는 아이,

산책하러 성곽까지 오르는 아이,

도서관에서 책을 보거나 빌리는 아이,

교실 사랑방에 앉아 어제 이야기, 아침 이야기를 종알대는 아이,

선생님과 친구들과 뒷산 놀이터에서 숨바꼭질하는 아이.

전나무 형제, 느티나무 할아버지 할머니, 소나무와 그 밖에 많은 나무 친구들은 남한산의 넓은 품이 되어 아이들을 바라본다. 선생님도 나무처럼 늘 그 자리에 있다. 아침에 아이들은 저마다 남한산 품에 안긴다.

남한산에서 배우다

계단을 올라 나무교실을 지나 교실 안으로 들어선다. 남한산의 교실은 모두 1층이다. 꽃밭 쪽으로 교실 문을 하나 더 내서, 운동장과 꽃밭과 교실이 하나로 이어진다. 신발을 신발장에 넣고 교실 문으로

들어간다. 교실은 바닥난방을 해서 실내화를 신지 않는다. 보통 학교
는 네모 교실인데 남한산초등학교는 기역 자 모양 교실을 만들었다.
교실 4분의 1 크기의 네모난 공간이 꽃밭 쪽으로 더 붙어 있는 모양
새다. 이곳을 '사랑방'이라 부르는데 수업시간에 작업공간으로 이용하
기도 하고 쉬는 시간에 노는 공간이 되기도 한다. 오후에는 수업을 마
친 아이들끼리 모여서 책을 읽거나 간단히 쉬는 공간이 되기도 한다.
　아침시간은 자유롭게 보낸다. 산책을 하기도 하고, 도서관에서 책
을 읽기도 하고, 함께 시를 낭송하기도 한다. 뒷산 놀이터나 운동장
놀이터에서 노는 아이들도 있다. 학생 수가 적었던 예전에는 말굽 모

양으로 책상을 놓고 모든 학생이 산책을 하고 돌아와서 산책 이야기나 어제 있었던 이야기를 나누며 하루를 시작했다. 차를 한잔씩 마시며 이야기를 하기도 했다. 하지만 지금은 학생 수가 많아져서 산책이나 도서관 이용을 요일별로 하게 되었다.

수업은 블록수업으로 운영된다. 40분짜리 두 시간을 모아서 수업을 하는데 그 까닭은 체험의 시간을 주기 위해서다. 만들기, 그리기, 이야기 나누기, 노래하기, 뒷산 가기, 나무교실에서 작업하기, 기획하기 등 체험이 들어가려면 최소 30분의 시간이 필요하다. 보통 수업은 80분 블록 통합수업을 하고, 금요 체험수업(주5일 수업 이전에는 토요 체험수업) 때는 160분 통합 체험수업을 한다. 숲속학교는 1박 2일 통합 체험수업이고, 계절학교는 일주일 통합 체험수업이라고 볼 수 있다. 남한산 수업의 알맹이는 몸으로 체험한 뒤 느낌과 생각을 표현하는 과정이다. 이를 실현하기 위해 블록 통합 체험수업을 하고 있다.

블록 중간에는 쉬는 시간이 30분 있다. 보통 학교의 1, 2, 3교시 10분씩 쉬는 시간을 묶어 블록과 블록 사이에 배치한 것이다. 보통 아이들은 쉬는 시간에 놀이를 한다. 점심 먹고 30분 정도, 오후수업이 끝난 후 방과 후 프로그램까지 한 시간 정도의 쉬는 시간이 더 있다. 넉넉한 쉬는 시간이 배움과 쉼의 리듬을 살린다.

방과 후 특기적성으로 영어와 국악시간이 있다. 방과 후 프로그램도 거의 준교육과정처럼 운영된다. 저학년 때는 민요와 장구 가락을,

중학년부터는 1인 1국악기를 정하여 주 2회씩 꾸준히 배운다. 이렇게 닦은 솜씨는 겨울계절학교나 방과 후 발표회 때 친구들과 학부모 앞에서 발표한다. 연말에는 모든 학생들이 참여하여 공동으로 발표할 기회를 준다. 저학년은 노래하고 고학년은 자기가 맡은 악기를 연주한다.

저마다 배우기, 함께 힘 모아 작품 만들기, 노인정이나 어려운 이웃 앞에서 발표하여 기쁨을 나누기 등을 꾸준히 하고 있다. 남한산초등학교는 배워서 기쁘고 나누어서 행복한 교육공동체를 지향한다.

쉬다

중간 쉬는 시간, 점심시간에 자투리 쉬는 시간, 방과 후 쉬는 시간은 가장 즐거운 놀이 시간이다. 다방구, 고백신, 사방치기, 숨바꼭질, 소꿉장난, 축구, 야구, 배드민턴, 피구, 발야구, 깡통 차기. 운동장과 뒷산 숲속 놀이터에서 날마다 새로운 놀이를 하다 보면 아이들 이마에 땀이 맺히고, 뒷머리가 흠뻑 젖고, 얼굴은 환해진다.

쉬는 시간은 학생 자치회에서 축구대회, 피구대회, 노래대회, 독서행사 등을 여는 시간이기도 하다. 필요한 악보를 복사하고, 대진표도 짜고, 공고문을 만들어 붙이기도 하고, 상품도 사서 준비한다. 자치회에서 하루하루 조금씩 나누어 진행을 한다. 쉬는 시간은 학생 스스로 뭔가를 만들 수 있는 시간이다.

쉬는 시간은 말 그대로 혼자 쉬는 시간이기도 하다. 도서관에서 책 보기, 교실 밖 나무의자에 앉아 혼자 생각에 잠기기, 하늘과 구름, 나뭇잎과 바람, 친구들 노는 모습 가만히 봐 주기, 선생님은 뭐 하나, 교장 선생님은 뭐 하나, 친구는 뭐 하나 그냥 가서 보기, 혼자 있는 동생에게 말 걸어 보기, 이것도 저것도 아니면 아무 생각 없이 아무것도 안 하기…….

아이들이 가장 좋아하는 시간은, 역시 쉬는 시간이다.

쌓다

배움이 마음에 남아 몸에 배려면 6년 동안 꾸준히 하는 것이 중요하다. 꾸준히 해야만 고갱이가 되는 것들을 모든 학생과 모든 교사들이 함께 하고 있다. 학교에서는 이것을 상시활동이라고 부른다. 나머지는 국가교육과정에서 나온 지도서와 교과서를 바탕으로 교사가 교실에서 학생들의 수준을 고려하여 자기 빛깔을 내며 수업한다.

상시활동의 첫 번째는 글쓰기다. 무엇이든 체험하고 나서의 느낌과 생각을 이야기하거나 토론한 뒤 글로 정리한다. 이를 위해 학교에서는 단순하고 쉬운 글쓰기 공책 양식을 개발하여 전 학년이 공동으로 사용하고 있다.

두 번째는 책 읽기다. 개인적으로 읽고 싶은 책을 읽고 나서 책 읽기 수첩에 두세 줄로 생각과 느낌을 정리한다. 이 학교에 유일하게 스티커 제도가 도입된 공책이 책 읽기 수첩이다. 6년 동안 600권 정도를 읽을 수 있게 만들었다. 더불어 국어 두 시간을 이용하여 '온작품 읽기' 수업을 한다. 이것은 교과와 관련된 작품의 전문을 함께 읽고 활동하는 프로그램이다. 금요일 1블록에는 모든 학년이 온작품 읽기를 한다. 학기 초에 교사가 한 학기 동안 읽을 책 목록을 공지하면 아이들이 구입해서 읽고 온다. 해마다 30권씩 6년 동안 180권을 함께 읽고 이야기 나누고 표현한다. 저마다 600권, 함께 180권을 읽을 수 있도록 한 것이다.

세 번째는 산책과 도서관활동이다. 초기에는 날마다 했지만 이제는 학년마다 요일을 정해서 하고 있다. 자기 나무 만나기, 숨바꼭질하기, 그날의 뒷산 느끼기 등으로 학년 특성에 따라 다양하다. 도서관은 아침시간에 학년마다 요일을 정해서 이용한다. 나머지 시간은 자유롭게 이용할 수 있다.

네 번째는 기록하거나 기록된 것을 꾸준히 모아 나가는 것이다. 글쓰기 공책, 책 읽기 수첩과 더불어 수학 공책, 알림장, 평소 만든 작품을 모으는 '자람나무', 통지표 등을 활용한다. 공책 전시, 계절학교 발표회나 전시, 각종 발표회 등도 배움에 대한 기록을 쌓은 것이다.

생활에서도 함께 지키는 것들이 있다. 인스턴트 식품 먹지 않기, 휴대전화 가지고 다니지 않기, 때리지 않기, 욕하지 않기, 뒷정리하기, 학교 안에 주차하지 않기 등은 남한산 교육공동체의 모든 구성원들이 지키는 것이다. 나머지는 학생회, 학부모회, 교사회에서 정하여 자치적으로 실천한다.

한두 번의 반짝임보다 꾸준히 무엇을 하여 쌓고 있느냐가 더 중요하다.

윤승용

백 미터 달리기보다
천천히 걷기

블록수업이란

지금까지 10여 년에 걸쳐 40분 단위로 수업을 운영하다 남한산초
등학교에 와서 처음으로 블록수업을 해 보았다. 처음에 어떤 방식으로
운영해야 할지 몰라 하나하나 꼼꼼하게 계획을 세웠던 기억이 새록새
록 난다.

블록수업은 지금까지 떨어뜨려 수업하던 두 차시를 묶어세워 수업
하는 형태를 일컫는다. 간단하게 말하자면 시간표를 작성할 때 편의
상 같은 과목을 연이어 배치하던 것을 좀 더 결합하여 한 단위로 묶
어 놓은 것 이상도 이하도 아니다. 하지만 형태만 바뀐 블록수업이 가
진 장점은 한두 가지가 아니다.

우선 수업의 시작이 여유롭다. '시작'은 수업을 구성하는 다른 무엇

보다 중요하다. 수업을 열면서 교사와 학생, 내용과 학생, 내용과 교사를 연결시키는 작업은 그 수업의 질을 좌우할 정도로 중요하다. 이런 점에서 '40분'이라는 단위는 시작에 할애할 시간을 넉넉하게 줄 수 없다. 동기를 유발하거나 내용에 대해 충분히 교감하지 않고 학생들에게 학습을 강요하는 방식으로 수업을 시작할 수밖에 없는 체제다. 짧은 시간 안에 수업의 방향을 잡아내야 하기 때문에 열려 있어야 할 시작 시간이 오히려 답을 강요하는 닫힌 구조가 될 수밖에 없다.

반면 블록수업에서는 수업 시작 시간이 충분하기 때문에 교사와 학생이 넉넉하게 이야기를 주고받을 수 있다. 일방적인 관계가 아닌 상호교섭적인 관계로 출발하기 때문에 수업참여도 또한 높을 수밖에 없다. 이야기하는 과정에서 아이들의 반응에 맞추어 교사가 미리 계획한 활동이 수정되기도 하고 새로운 활동이 즉석에서 기획되기도 한다.

이와 더불어 학습 내용에 대해 충분히 탐색 및 공유할 시간을 확보할 수 있다는 장점도 있다. 예를 들어 사회수업에서 어떤 상품에 대하여 '수출 전략 세우기'라는 활동이 있다면 모둠별로 전략을 세우는 시간뿐만 아니라 발표, 평가를 통해 서로의 배움을 공유할 시간도 충분하다. 아이들이 서로 조금 달리 탐색했더라도 괜찮다. 왜 그렇게 탐색했는지 서로 공유하고 이야기 나눌 시간이 많기 때문이다.

블록수업에서는 학생과 교사가 학습할 내용에 접근함에 있어서 여러 방법을 택할 수 있다. 국어시간에 '시'에 대해 공부하는데 주제가

'인상적인 표현'이라고 하자. 교사가 고른 몇몇 시를 함께 낭송하고 멋지다고 생각하는 표현에 대해 이야기를 나눈다. 함께 암송하고, 만약 노래로 만들어진 시일 경우 노래도 함께 불러 본다. 이어 여러 권의 시집을 아이들에게 나눠 주고 가장 마음에 드는 시를 고르게 한다. 이때 감상하며 읽어 볼 충분한 시간과 분위기 조성은 필수이다. 고른 시를 모두 앞에서 낭송하고 어느 표현이 멋지다고 생각하는지, 간단한 시 감상과 함께 발표하게 한다. 짧은 시간에 이러한 활동을 하자면 수업방법에 대한 아이디어를 내기가 어렵겠지만, 넉넉한 시간 안에서는 자연스럽게 여러 가지 흐름으로 접근할 수 있다.

80분 단위의 블록수업이라고 해서 무조건 80분에 맞추어 운영하지는 않는다. 학습 내용에 따라 또는 아이들의 집중도에 따라 짧게 끊고 다른 주제의 활동으로 넘어갈 수도 있다. 때에 따라 20분 정도의 활동으로 한 주제를 마무리하고 다른 활동에 60분을 활용할 수도 있는 것이다. 블록수업을 하면 쉬는 시간도 넉넉하게 배정되기 때문에 몰입 정도가 높을 경우 쉬는 시간까지 묶어 수업을 진행할 수도 있다. 이와 같이 블록수업은 수업 운영 시간을 일률적으로 제약하지 않으면서 아이들의 리듬과 학습 내용의 리듬을 효율적이면서 안정적으로 운용할 수 있다. 다시 말하자면 1교시와 2교시를 함께 묶어 수업하는 것에서 나아가 일주일 단위의 블록, 4교시 단위의 블록 등 다양하게 확장할 수 있다.

블록수업의 효과

블록수업을 하다 보면, 학생들의 하루 생활에서 '배움'이 간결해진다. 블록수업 방식으로 수업을 운영하면 고학년의 경우 많아야 하루에 세 과목의 수업을 하게 된다. 40분 단위 수업에서 여러 과목을 한꺼번에 배워야 하는 부담이 줄어드는 것이다. 이는 가르치는 입장인 교사 또한 마찬가지다. 여러 과목으로 분권화되어 있는 현재 교과체제에서는 학습 내용이 아이들에게 낱낱의 쪼가리 지식으로 전달될 가능성이 높다. 블록수업으로 하루 배움의 흐름을 간결하게 정리해주기만 해도 아이들이 느끼는 부담은 줄어들고, 쪼개진 지식을 묶어 나름의 통합적인 안목을 가지게 할 수 있다.

블록수업으로 얻을 수 있는 수업 진행의 큰 장점이 두 가지 있다.

첫째, 학습 내용의 '통합'이다. '통합'은 다른 과목과의 관계를 분석하여 가져올 수도 있지만 이전의 학습 내용과 관련을 맺는 것 또한 '통합'이라 볼 수 있다. 각각을 분리하여 사고하고 한 계단 한 계단 올라가는 방식으로는 아이들에게 새로운 안목을 줄 수 없다. 새로운 안목이라 함은 이전의 학습 내용과 관련지어 현재의 학습 내용을 점검하고 앞으로의 내용을 내다보는 시각을 말하는데, 이 새로운 안목은 40분 단위 수업에서는 학생 개인의 몫으로 자주 치부된다.

한 가지 예로 정사각형, 직사각형, 평행사변형, 삼각형, 사다리꼴,

마름모의 넓이를 구하는 공식을 아이들은 따로따로 알고 있으나, 그 연관관계는 쉽게 파악하지 못한다. 마름모 넓이를 구하는 공식으로 정사각형 넓이를 구할 수 있을까? 정사각형이 마름모에 포함되므로 당연히 구할 수 있다는 사실에 아이들은 놀란다. 이러한 깨달음을 '똑똑한' 몇 사람은 수업시간에 다루지 않아도 이해하겠지만, 40분 안에서 공동의 사고를 통해 함께 배우는 과정을 경험하기는 쉽지 않다.

둘째, 교사 입장에서 근시안적으로 바라보던 학습 내용을 좀 더 넓은 시각으로 바라보게 한다. 그리고 학습 내용을 어떻게 잘 전달하느냐에 초점을 두지 않고 어떻게 하면 학습 내용을 잘 탐색하게 할 것인가에 초점을 두어 수업을 계획하게 된다. 짧은 시간의 수업에서 학생들의 반응은 학습 내용에 종속적이지만 넉넉한 시간의 수업에서 학생들의 반응은 학습 내용을 더욱 확장시키고 끌어올릴 수 있다. 더 나아가 한 단위의 시간을 좀 더 넓은 시야로 바라보기 때문에 다른 교과와 통합할 거리를 쉽게 찾을 수 있다. 국어시간에 '분석'과 '분류'의 글쓰기를 배우고 해당 수업 속에서 배움을 마무리할 수도 있었지만, 국어시간의 책 속 등장인물의 성격을 분석하는 글쓰기와 사회시간의 전통문화재를 분류 분석하는 글쓰기를 통합하여 다루었던 것도 굳이 통합하고자 하는 의식 없이 자연스레 이루어진 수업이었다.

5학년 사회수업 이야기

모둠별 주제 탐구와 발표

모둠마다 농업, 어업, 정보통신, 우주산업, 자동차산업, 환경 분야에서 첨단기술이 적용된 사례, 앞으로의 발전 방향 등을 조사하여 발표한다.

영화 감상 및 분석

영화에 반영된 첨단기술과 첨단기술이 영화에 미치는 영향을 이해하기 위해, 상상 속 미래의 모습이 나타난 영화 〈원더풀데이즈〉를 함께 감상하고, 어떤 첨단기술이 있는지 찾아본다. 영화를 만든 과정을 살펴보고 영화 촬영에 나타난 첨단기술에 대해서도 알아본다.

찬반토론

"유전공학은 우리를 이롭게 하는가?"라는 주제로 찬반토론을 한다. 주장하는 글과 토론을 다룬 국어과 넷째 마당과 관련지어, 첨단기술 중 유전공학에 대한 여러 의견들을 모아 토론하는 시간이다. 사전에 찬반으로 나눈 다음 사전 조사와 토론문을 작성하여 패널토론 형식으로 진행한다.

아빠참여수업

학부모 중 몇 분을 섭외하여 첨단기술이 건축설계, 창고시스템, 자동차디자인, 정보통신 등 우리 생활 속에서 구체적으로 어떻게 드러나는지 생동감 있게 알아볼 수 있는 시간으로 꾸린다. 사례 발표 후 질문을 주고받는다.

배움을 향해 던지는 질문

블록수업의 여러 이로운 점에도 불구하고 교사의 뛰어난 수업 기획력이 뒤따르지 않으면 단지 '1+1=2'를 벗어나기 힘들다. 여기서 수업을 '기획'한다는 의미를 '계획'이라는 낱말과 다르게 쓰고 싶다. 수업 '기획'과 '계획'은 모두 학습 주제를 어떤 방식으로 아이들과 나눌까를 바탕으로 앞으로의 일을 헤아린다는 점에서 같다. 다만 '기획'은 '판'을 짠다라는 뜻이 강하다. 학습 주제를 풀어 가는 데 있어 주제 시작, 블록과 블록의 연결, 주제 마무리에 이르는 일련의 과정을 시기, 방법, 활동 내용 등과 함께 미리 꾀하는 것이다. 우리 앞에 놓인 교과서는 국가에서 정한 교육과정을 차시별로 나누어 제시한 것이다. 다시 말해 40분 단위의 수업에 어울리게 풀어 놓은 것이다. 단순히 이것 두 차시를 한 블록으로 묶는 것은 답이 아니다. 학습 내용을 40분

단위로 풀어낼 것인가, 80분 단위로 풀어낼 것인가에는 전혀 다른 차원의 고민이 필요하다. 지식 덩어리의 크기, 활동 내용, 활동 방법, 교사 역할에 이르기까지 모두 다르기에 교사의 창의적인 기획이 더욱 중요하다. 2012년부터 이를 구체화하기 위해 교사들은 '월 배움 기획 회의'를 열고 있다. 월 단위 배움 기획안을 준비해 와 서로 나누는 회의다. 자연스레 교사들 서로가 기획한 흐름에 대해 조언을 아끼지 않는다. 학교의 전체 교육과정과 학급 교육과정을 이어 주는 구실까지 한다.

블록수업은 '초등학교 수업은 40분'이라는 구조를 바꿈으로써 수업을 대하는 교사의 눈과 시야, 교사와 학생 사이의 호흡까지 살게 한다. 대부분의 학교에서 일상으로 진행되는 40분이라는 시간 단위는 비유하자면 100m 달리기와 별반 다르지 않다. 결승점(차시 목표)이 눈앞에 보이고 좀 더 빨리 도달하기 위해 있는 힘껏 달려야 한다. 달리는 것에 도움이 되지 않거나 방해되는 것은 무시해야 한다. 100m 달리기 선수가 숨을 참고 온전히 근육의 힘으로만 달리듯이. 하지만 배움은 100m 달리기처럼 일어나지 않는다. 천천히 주위를 둘러보며 걷기도 하고 앉아 보기도 해야 한다. 지나는 바람을 느끼기도, 고개를 들고 하늘을 가만히 바라보기도 해야 한다. 배움은 그렇게 피어나는 것이다. 블록수업은 배움이 무엇인가에 대한 근본적인 질문에서 출발한다.

윤승용

| 독서교육 |

생각을 자라게 하는
책 읽기

어른들은 왜 끊임없이 아이들에게 독서를 하라고 강요할까? 책을 많이 읽지 않는 어른들도 마찬가지다. "너 숙제 안 하고 뭐 해?"라고 물었을 때, 아이가 "이 책 좀 읽고요."라고 말하면 대부분 훈훈한 미소를 짓는다. 그 까닭은 무엇일까? 이에 대한 대답으로 참으로 많은 의미를 독서에 부여할 수 있겠지만, '생각의 자람'이란 낱말을 붙들 수 있겠다. 두서없는 입말보다 생각의 알갱이가 일정한 차례에 따라 엮여 있는 글말은 한 차원 나아간 생각을 가능하게 해 준다. 사람들의 끊임없는 질문과 그 물음에 대답한 여러 생각이 책 속에 차곡차곡 쌓여 재미, 슬픔, 감동, 깨달음 등의 메시지로 읽는 이를 자극하고 성장시키기 때문일 것이다.

온작품 읽기로 통합적 안목 기르기

남한산초등학교에서는 몇 해 전부터 '온작품 읽기' 수업을 해 오고 있다. 일주일 정규수업시간 중에서 두 시간을 온전히 한 권의 책으로 활동하는 수업을 일컫는다. 처음에 이름 붙일 때는 '완전텍스트' 수업이었는데 아이들과 함께 부르는 이름으로 적절치 않아 새로 이름을 붙였다. 이 수업이 제안된 해는 2008년이었다. 당시 몇 해 동안 진정한 공부의 형식과 내용은 무엇인가, 이를 담는 그릇인 '수업'은 어떤 모습이어야 하는가에 대해 많은 논의를 거쳤다. 그동안 해 왔던 독서 교육에 대한 반성도 함께 했다. 그 결과로 제안된 수업의 형태가 한 권의 책을 모두 읽고 진행하는 '온작품 읽기' 수업이다. 해를 거듭하며 나름의 반성과 발전이 있었고 지금은 학기 초 함께 읽을 책 목록을 알려 주고, 매주 모든 학년에서 시행되는 수업으로 자리잡고 있다.

'사람'이라는 말에는 '삶'과 '앎'이라는 의미가 섞여 있다고 한다. 하나의 생명으로 살아가는 것과 동시에 세상에 대한 안목을 넓혀 가는 것도 사람이라는 뜻이다. 세상에 대한 안목은 하나가 아니다. 눈앞에 보이는 책상도 안목에 따라 달리 보인다. 수학적인 안목, 경제적인 안목, 음악적인 안목, 미술적인 안목, 언어적인 안목에 따라 대상은 같아도 다르게 인식될 수 있다. 학교에서 가르치고 배우는 '지식'의 실체는 어쩌면 여기서 말하는 '안목'일 것이다. 더 나아가 여러 가지 '안목'

을 서로 연결지어 하나의 대상을 파악할 수 있어야 한다. 따로 떨어진 안목은 그 자체로 의미를 가질 수 있겠으나 자칫 대상에 대한 편협한 이해로 이어질 수 있다. 그러하기에 학교에서 다루는 지식은 보다 종합적인 안목으로 다루어져야 한다. 수업의 기본교재인 교과서 수준에서 지식을 다룰 경우, 종합적이고 통합적인 안목을 기르는 데는 무리가 있다. 지식이 낱개로 쪼개어져 있고, 해당 수업 목표에만 적합한, 단편적인 텍스트를 중심으로 짜여 있기 때문이다. 지식을 직접적으로 전달하는 데 효과적이겠으나, 부분의 합은 전체가 아니기에 앎의 실체에 접근하기에는 적당하지 않다. 이에 온작품 읽기 수업은 하나의 대안으로 자리매김할 수 있겠다.

온전한 책 한 권을 모두 읽고 함께 질문하고, 질문에 대한 답을 찾아보는 이 수업은 그 자체로써 수업의 양상을 종합적이고 통합적인 것으로 바꾸는 효과를 낼 수 있다. 단순히 책을 읽고 지식과 정보를 얻는 수준이 아닌 '책과 나, 나와 너, 책과 우리'를 깊이 성찰하기 때문이다.

지금까지의 학교 독서교육은 일상적으로 이루어지는 수업과 동떨어져 있었다. 아침활동 시간에 읽기, 몇 권 읽었는지 기록하기, 독후감 쓰기, 도서관 활동, 독서클럽 활동, 책 읽어 주기 등 독서와 일상 수업은 늘 별개로 움직였다. 다시 말해, '하면 좋은 것' '많이 읽으면 좋은 것'으로 양적인 독서, 흥미 위주의 독서만 강조하는 면이 없지

않았다. 독서를 양적, 흥미 위주로 접근하게 되면 여러 좋지 않은 모습이 생겨날 수 있다. 아이들 스스로 골라서 양을 쌓는 대부분의 도서는 판타지와 단편 지식을 만화로 구성한 책이 주를 이룬다. 또한 독서의 토대가 되어야 할 여러 문학작품을 비롯한 역사, 과학, 사회, 전통 등의 소재는 외면받기 쉽다. 책을 고르는 기준인 '재미' 자체가 외재적인 것이기에 더 큰 재미를 주는 다른 것으로 대체되기도 쉽다. 이는 책이 지닌 여러 가치 중에서 극히 일부분밖에 누릴 수 없게 하여 오히려 진정한 독서의 장애물이 되고 만다.

7/18

⑪ 책제목 : 내 이름은 쓰카
한줄느낌 : 캄보디아는 건물에 비유하
면 전시관이나 미술관 같은 느
낌이다.

⑫ 책제목 : 태권 팥쥐와 베트콩 쥐
한줄느낌 : 베트남은 제주도 처럼 과일
도 풍성하고 맛있는게 많은것 같
다.

⑬ 책제목 : 돈잔치 소동
한줄느낌 : 윤지가 10만원수표도 아랑곳
없이 가지고 다니다니.... 나라면 엄마
도 빼지않고 용돈을 스스로 모을것이다.

⑭ 책제목 : 이야기 도둑
한줄느낌 : 설아기가 대문이낸 퀴즈
를 맞힐때 재미있었다.

⑮ 책제목 : 일기 도서관
한줄느낌 : 여기나온 남자아이는 일기
를 못쓸까? 난 그게 이상하다.

학교에서 지속적이고 꾸준한 독서교육이 힘든 까닭은 무엇일까? 우선은 교과 구조로 꽉 막힌 수업에서 그 원인을 찾을 수 있을 것이다. 이를 뚫지 않으면 양질의 독서교육은 담보할 수 없다. 국가에서 정한 교육 지침에서조차 교과서 위주의 수업 방식은 지양하라고 말한다. 교과서는 하나의 자료일 뿐이라고 스스로 그 위상을 내려놓았다. 국어과의 경우, 교과서에 작품 전체를 싣지 못했으므로 작품 전체를 읽도록 권장하고, 작품 전체의 맥락과 함께 학년별로 성취해야 할 내용을 가르치도록 하고 있는 것이다. 사회과, 과학과 등 다른 교과도 마찬가지다.

　하지만 현장 교실에서 교과서 위주의 수업은 쉬 바뀌지 않는다. 교과와 연계하여 한 권의 책이라도 온전히 읽고 나누기에는 시간적인 여유가 없고, 교육과정에 맞게 선정된 책 목록에 대한 연구도 미진하기 때문일 것이다.

　온작품 읽기 수업은 틀에 꽉 막힌 교과 중심의 수업 구조를 조금이나마 풀어 볼 수 있는 작은 출발점 구실을 한다. 매 학기 도서목록을 작성하면서 전년도 것을 참고하여 새로 만든다. 책을 선정한 동료 교사와의 의사소통은 기본이다. 이 책은 어떻게 활용되었는지, 수준은 적당했는지, 회의 속에서 목록이 다시 작성되는 것이다. 벌써 5년째인데, 여러 차례 목록이 바뀌고 있다. 책 읽기 활동은 가장 크게 국어과와 연계를 맺고 있지만, 다른 교과와 관련지어 다양한 활동으로 확장될 수 있다. 예를 들어 『강마을에 한 번 와 볼라요?』(고재은 지음, 문학동네 펴냄)의 경우 인물의 심리와 배경에 집중하여 문학수업도 가능할 뿐만 아니라, 아이들이 서로의 문제를 탐구하는 도덕수업과 연결할 수도 있다. 더 나아가 사투리와 표준어에 대한 공부도 교사의 기획에 따라 전개될 수 있는 것이다.

온작품 읽기 수업에 대한 여러 의미를 접어 두더라도 한 해 동안 반 아이들과 30권의 책을 공유한다는 것에는 그 무엇과도 바꿀 수 없는 기쁨이 있다. 6년 동안 180여 권의 책을 공유하고 쌓아 가는 기쁨은 더 클 것이다. 사람과 사람이 만나 대화가 오고 가기 위해서는 공통된 그 무엇이 있어야 하는데 함께 나누어 읽은 책은 훌륭한 공통분모 역할을 한다. 더 나아가 한 권의 책이 1년 내내 힘들게 공부한 그 어떤 것보다 더 많은 것을 남길 수 있다. 일부분이 아니라 책 한 권을 온전히 읽었을 때 그 속에 담긴 세계와 내 마음이 만나 일으키는 가락은 공부의 본질에 더 가깝다.

스스로 찾아 읽기

온작품 읽기가 책을 정해 함께 읽고 나누는 것이라면, '책 읽기 수첩'은 아이가 읽고 싶은 책을 스스로 찾아서 읽는 활동이다. 6개월간 교사들이 논의하여 책을 읽고 생각과 느낌을 기록할 수 있는 가장 단순한 양식을 만들었고 학교에서 직접 수첩으로 제작하여 학생들에게 나누어 주었다. 겉표지에는 '책 읽기'라고만 넣어 주고 제목은 비워서 아이들이 저마다 제목을 지을 수 있도록 하였다. 아이들마다 '보물 상자' '책 읽는 불가사리' 등 다양한 제목을 붙였다. 수첩 안에는 '책 제목' '한 줄 느낌 적기'가 나온다. 생각하거나 느낀 점을 간단하게 몇 줄로 적도록 한 것이다. 책을 읽을 때마다 뒤에서 스티커를 떼어 붙일 수 있도록 공간을 두었고, 120권이 넘으면 작은 배지를 하나 준다. 독서의 양과 질 모두에 무게를 두는 것이다. 1학년에 입학하여 졸업할 때까지 읽은 것을 꾸준히 기록으로 남기고 되돌아보는 것은 그 자체로 의미 있는 일이 아닐 수 없다. 책 읽기 수첩은 교사에게도 중요한 자료가 된다. 아이들의 책 읽기 경향을 알 수 있고, 적절한 조언도 할 수 있는 도구이기 때문이다. 한 장 한 장이 한 권이 되고, 두 권이 되고, 세 권이 되면서 아이는 책과 함께 성장하는 보람을 느낄 수 있을 것이다.

도서관에서 놀기

독서교육에서 빼놓을 수 없는 곳이 도서관이다. 남한산초등학교의 도서관은 '옹달샘'이라는 이름을 가지고 있는데, 맑은 샘처럼 목마름을 해소하는 시원함을 느꼈으면 하는 바람으로 지은 이름이다. 책을 꽂아 두는 공간과 아이들이 열람하는 공간이 분리되지 않고 한 방에 책이 빼곡하게 꽂혀 있는 비좁은 모습을 상상하면 되겠다. 좁지만 그 속에서 사서 선생님과 아이들이 나누는 책 이야기는 따뜻하고 소중하다.

옹달샘 앞 중앙 현관은 북 카페라 이름 붙였다. 편안하게 앉아 책을 읽을 수 있도록 소파를 놓아두었다. 옹달샘에서보다 자유롭게 책으로 이야기 나눌 수 있는 공간이다.

독서는 국어과의 한 영역이 아니라 배움의 중심에 있다. 남한산초등학교는 '배움과 나눔으로 삶 가꾸기'라는 공동의 목표를 세웠다. 배움과 나눔이 일어나는 큰 흐름은 '몸으로 겪기, 생각과 느낌 드러내기, 이야기하거나 토론하기, 글쓰기'이다. 모든 교과를 가르칠 때 이런 목표와 흐름을 중시한다. 독서교육도 이런 흐름 속에 있다. 언제나 고민은 깊어 가지만 책을 읽으며 발견하는 기쁨에 대한 기대는 멈출 수 없다.

정겨운(사서 교사)

나의 옹달샘,
나의 남한산

'옹달샘'은 남한산초등학교의 도서관 이름이다. 옹달샘이라. 처음 이 곳 남한산초등학교에 와서 그 이름을 듣고 희미한 미소가 지어졌다. 산속에 있는 이 학교와 너무도 잘 어울리는 이 이름이, 내 마음속에 들어와 콕 박혔기 때문이다. 깊은 산속 옹달샘. 동물들 누구나 와서 목을 축여 가고 쉬어 갈 수 있는 편안한 장소, 가고 싶고 찾게 되는 그런 곳. 이와 마찬가지로 남한산 식구라면 누구라도 와서 편히 쉬고 뒹굴다 갈 수 있는 쉼터 같은 곳, 자신의 지적 목마름을 채우고 갈 수 있는 곳, 그런 곳이 여기 옹달샘이 아닐까 싶다. 옹달샘이라는 단어 하나가 남한산초등학교 도서관의 모든 것을 말해 주고 있었다.

맛있는 책 읽기

　옹달샘에서 하는 활동 중 하나인 '맛있는 책 읽기'. 처음 맛있는 책 읽기라는 프로그램에 대해 들었을 때 이 프로그램은 도대체 무엇을 어떻게 하는 것인가 의문이 들었다. 아이들이 좋아하는 프로그램이라는 이야기를 들으면서 어떻게 진행해야 하는지 고민에 빠지기도 했다. 나보다 먼저 이곳 아이들과 함께해 온 프로그램이고 아이들에게 또 하나의 작은 영향력을 줄 수 있는 프로그램이다.

　맛있는 책 읽기, 줄여서 '맛책'이라고 부르는 이 프로그램은 중간놀이 또는 점심놀이 시간에 아이들과 함께 맛있는 차를 마시면서 책과 함께 즐겁게 노는 시간이다. 맛있는 차를 마시면서 이야기를 나누기 때문에 맛책일 수도 있지만, 맛있는 음식을 먹을 때 행복하듯 재미있는 책을 맛있게 나누며 즐거운 시간을 보내는 시간이기에 더 행복한 시간이 맛책 시간이다. 책 읽기는 어떤 아이들에게는 공부와 같이 재미없는 것, 지루한 것, 하기 싫은 활동 중 하나로 생각되기 쉽다. 숙제처럼 부모님의 잔소리를 들어 가며 억지로 읽어야 하는 것이다. 이러한 책 읽기, 책 이야기 나누기 시간이 사실은 얼마나 즐겁고 맛있는 시간이 될 수 있는지 아이들이 알아 주기를 바라는 마음에서 맛책은 진행되고 있다.

　구체적인 프로그램 내용은 그때그때 조금씩 달라지는데, 지금의

맛있는 책 읽기 진행은 이렇게 된다. 학기 초에 신청자를 모집한다. 신청한 아이들이 많을 경우 조를 나누는데, 저학년 아이들의 경우 신청 인원이 10명을 넘어가는 경우가 많아서 두 조로 나누어 진행한다. 중간놀이 시간이 시작되면 아이들이 자기 컵을 들고 옹달샘으로 달려온다. 옹달샘에는 의자가 없다. 정확히 말하자면 의자라고는 내 의자밖에 없다. 도서관이라고 해서 크고 넓고 책상, 의자가 놓여 있는 공간을 상상하면 안 된다. 남한산의 옹달샘은 작고 아담한 공간이다. 작은 공간에 빼곡히 책장이 들어서 있고 작은 초승달 모양의 탁자가

있어서 거기에 도란도란 모여 맛있는 책 읽기를 진행한다. 아이들이 가져온 컵에 그날의 차를 나눠 주고 함께 책을 읽기도, 책 이야기를 나누기도, 고민을 나누기도 한다. 맛있는 책 읽기는 작은 학교이기에 가능한 우리들의 소중한 시간이다.

가끔씩은 남자아이들만 모아서 하기도 한다. 남자아이들의 경우 여자아이들보다 책 읽기를 지루해하고 힘들어하는 친구들이 많아서 더 신경이 쓰이고 조심스럽게 접근하게 된다. 남자아이들에게 책 읽기나 책 이야기 나누기가 얼마나 즐거운지 느낄 수 있도록 앞으로 맛책은 더 많은 발전을 해야 할 것이다.

1학년의 경우 아이들이 모이면 순서대로 돌아가면서 책을 고른다. 친구들과 함께 보고 싶은 책을 골라 오면 사서인 내가 책을 읽어 준다. 아이들은 컵에 담긴 차를 맛있게 마시면서 귀와 눈을 활짝 열어 주기만 하면 된다. 책을 읽어 내려가면서 아이들에게 종종 질문을 던진다. "이 사람은 어디에 가는 것일까?" "이 책의 주인공은 누구일까?"처럼 책 속의 이야기를 잘 들으면 대답할 수 있는 쉬운 질문부터 "왜 이 사람은 슬펐을까?" "나에게도 이런 비슷한 일이 있었나?" 등등 책을 읽고 한 번쯤 생각해 볼 수 있는 질문도 던진다. 이런 질문에 답하는 아이들의 이야기 속에서 아이들의 또 다른 모습들을 발견하게 된다. 아이들 입에서 나오는 부모님 이야기, 친구들 이야기는 아이들의 꾸밈없는 솔직한 이야기들이다.

2학년 아이들의 경우 1학기와 2학기의 목표가 조금 다르다. 1학기 동안에는 1학년 때와 마찬가지로 함께 책 읽는 것에 중점을 두었다면 2학기에는 자신이 읽은 책의 내용을 소개하는 연습을 시켜 본다. 아이들에게 갑자기 책 소개를 시킬 경우 부담감 때문에 맛책에 대한 두려움이 생기고 흥미가 떨어질까 봐 조심스럽게 접근하였다. "누가 주인공일까?" "주인공에게 생긴 가장 재미있는 일은 무엇일까?" 하는 질문을 던져 소개에 대해 부담감을 덜어 주고자 노력을 하였다.

3, 4학년의 경우는 책 읽기보다는 책 소개하는 시간을 많이 갖고자 한다. 학년마다 책을 좋아하는 아이들이 많은 학년이 있고 그렇지 않은 학년이 있어서 그 학년에 맞게 조금씩 다르게 진행하고 있으나 중학년 정도면 간단하게라도 책 소개를 할 수 있어야 한다는 생각에 연습을 시키고 있다. 아이들은 누군가가 책을 소개해 주면 흥미있게 듣고 책을 빌려 가겠다며 관심을 보인다. 각자 선호하는 책의 취향이 조금씩 다르기는 하나 친구가 소개해 주는 책에 대한 관심도는 꽤 높은 편이다. 또 책에 대한 흥미를 높이기 위해 내가 읽은 책 이야기를 재미난 옛이야기 들려주듯이 아이들 하나하나와 눈을 마주쳐 가며 숨을 죽였다가 소리를 높이기도 하며 들려줄 때가 있다. 그럴 때면 초롱초롱 나를 쳐다보는 눈망울들 속에 비치는 호기심과 관심이 나를 참 기쁘게 한다. 이렇게 아이들에게 책 이야기를 들려줄 때 나는 책 내용의 절정에서 그 뒷이야기를 절대 들려주지 않는다. 나머지 내

용은 책을 읽어야만 알 수 있게 하는 것이다. 이럴 경우 아이들의 책에 대한 반응은 폭발적이다. 그 책은 순간 아이들 사이에선 대출 예약 1순위가 되어 버린다.

5, 6학년 아이들의 경우는 한 권의 책에 대해 조금 더 깊이 생각할 수 있게 돕는다. 책의 내용에서 마음에 안 들었던 부분, 이해가 가지 않았던 일과 생각들에 관해서 이야기해 보는 시간을 갖는다. 또한 흥미 있었던 부분에 대해서 함께 이야기를 나누기도 한다. 예를 들어 『하이킹 걸즈』(김혜정 지음, 비룡소 펴냄)라는 책으로 아이들과 이야기를 나누었던 적이 있다. 이 책은 여러 문제를 겪고 있는 아이들이 실크로드의 1200km 구간을 걸으면서 자신을 돌아보는 시간을 갖는다는 내용이다. 이 책을 아이들과 함께 읽으면서 실크로드가 무엇인지, 현재의 실크로드는 어떠한 모습인지 사진을 보며 함께 이야기를 나누었다. 또한 문제를 해결해 나가는 과정과 걷기 여행에 관해서도 서로의 이야기를 나누었다. 나에게는 이 책을 통해 아이들과 함께 도란도란 생각을 나누었던 시간이 참 좋은 기억으로 남아 있다. 아이들에게도 좋은 시간이었길 바란다.

오늘 맛책을 했다. 맛책을 할 때 하는 활동은 책 소개하기, 만들기, 퀴즈 풀기가 있다. 나는 맛책의 활동 중에서 '퀴즈 풀기'가 가장 좋다. 왜냐하면 책을 내가 얼마나 열심히 읽었는지도 평가가 되고 맛있는 초콜릿 과

자를 주셔서이다. 퀴즈 풀 때는 서로서로 "저요! 저요!" 하면서 손을 든다. 나는 너무 퀴즈가 좋다. 그리고 퀴즈를 할 때마다 선생님은 누굴 시킬지 고민하셔야 한다. 모두 한꺼번에 손을 들기 때문이다. 퀴즈가 끝나고 나면 모두 "너 몇 개야? 와~ 많다. 나 한 개만!" 하고 말한다. 그것도 재미있다. 다음 맛책 시간은 야외에서 퀴즈이다. 야호! 나는 다음 맛책 시간이 정말 기대된다.

— 4학년 민솔

맛책 맛 내기

맛책은 나에게 참 즐거운 시간이다. 맛책을 하면서 아이들과 함께 나누는 이야기들, 그것이 유익한 이야기인지 수다인지는 모르겠으나 솔직하고 편하게 나누는 대화 속에서 아이들의 진짜 모습을 보게 되고 그들의 고민들과 생각들을 조금씩 알게 된다. 사실 독서가 곧 공부라는 인식이 생기면서부터 아이들은 책과 점점 거리가 멀어진다. 그러한 모습을 볼 때 마음 한편이 답답하면서 내가 어떻게 할 수 있을까 고민이 된다. 맛책 시간이 딱딱한 공부시간이 아니라 편안하고 부담 없이 자신들의 생각을 나누는 시간이 되길 바란다.

처음에 맛책을 진행하면서 아이들에게 한 권의 책을 읽어 오도록 숙제를 내 주고, 활동지를 만들어서 질문을 던지고 답을 쓰는 활동들을 몇 번 했었다. 아이들에게 생각을 하게끔 만들어 주고 싶었고, 아이들에게 삐뚤어지고 상처받은 마음들이 있다면 책을 통해 조금이라도 위안을 받고 치유받았으면 좋겠다는 생각을 했다. 하지만 그런 활동지를 받으면 아이들은 또 하나의 공부, 풀어야만 하는 학습지라는 생각을 하는 것 같았다. 이러한 활동지가 아이들의 책에 대한 흥미를 떨어뜨리는 것이 아닐까라는 생각이 들자 쓰는 활동을 하는 것이 무척 조심스러워졌다. 그래서 쓰는 활동이 아닌 대화하는 시간으로 바꾸게 되었다. 가끔 고학년 아이들과 함께 그림책을 읽고 그림을 그릴 때가 있다. 저학년에게 맞는 활동 같아 보이지만 오히려 고학년 아이들이 더 즐거워한다. 아이들이 즐겁게 책을 읽고 이야기를 나눌 수 있다면 어떤 식이든 상관없지 않을까?

심유미

수학으로
세상 보기

수학을 배우는 입장이나 가르치는 입장이나 공통으로 겪는 가장 큰 어려움은, 배우고 가르쳐야 할 내용이 너무 많다는 것이다. 그러다 보니 개념과 원리를 충분히 알기도 전에 다양한 문제 풀이로 내몰리고 이는 점점 수학에 흥미를 잃게 되는 이유가 된다. 또한 각종 시험 제도로 인해 선행학습을 할 수밖에 없는 현실적인 어려움도 있다. 그렇다고 국가교육과정과 입시제도 탓만 하고 있을 수는 없다. 교사가 먼저 스스로에게 물어야 한다. 교사가 추구하는 수학교육의 방향은 무엇인가? 학생들이 배워야 할 것이 무엇인가? 그것을 왜 배워야 하는가? 아이들은 수학을 어떻게 생각하는가? 어떤 의미로 받아들이고 있는가?

수학교육의 중요성과 필요성에 대한 사회적 공감은 꽤 높다. 그럼에도 불구하고 수학은 예나 지금이나 학생에게도 교사에게도 여전히 어려운 교과다. 남한산초등학교 수학교육도 다르지 않았다. 수학교육에 대한 관심과 흥미를 높이기 위해 지금도 계속 논의 중이다. 그 과정에서 학교는 수학교과 연수, 수학 공책 제작, 보조교재 제작 등을 시도하게 되었다.

오래전 교사 자신이 배운 방법대로 수업하지 않고 아이들에게 의미 있는 수업이 되도록 하기 위해서는 교사가 먼저 교과를 충실히 공부해야 한다. 그러기 위해 남한산초등학교에서는 교사 연수를 통해 관련 도서를 구입하여 함께 읽거나 먼저 고민한 선생님들을 모셔 이야기를 나누고 나아갈 방향을 모색하기도 한다. 좀 더 의미 있는 수업을 위해 이야기를 나누고 더하고 빼다 보면 새로운 제안들이 생겨난다.

한 가지 예로 점선으로 된 공책을 기획, 제작하여 전 학년이 활용하고 있다. 점선 공책은 수와 연산뿐 아니라 도형 영역까지 활용할 수 있다. 수학수업과 맥락을 같이하여 복습할 때 도움을 주는 보조교재도 필요하다고 논의되었는데, 현재 일부 보조교재는 개발되어 활용 중이며 점차 확대할 예정이다. 그래야만 수업, 평가, 가정학습이 같은 맥락에 놓일 수 있기 때문이다.

수학은 외계인의 언어가 아니다

아이들은 종종 말한다. "선생님, 수학 잘한다면서요?" "전, 수학 싫어요." "그냥 어려워요." "왜 배우는지 모르겠어요." "외계어 같아요."

좋아하던 것도 어느 순간 흥미가 떨어지기도 하는데 하물며 싫어하는 것을 수년 동안 해야 하는 아이들은 그야말로 괴롭다. 고학년이될수록 아이들은 수학에 흥미를 잃고 어려워한다. 초등수학교육과정은 대부분 현실 세계 이야기를 다루는데도 어렵다, 외계어 같다고 한다. 왜 그럴까? 다루는 소재가 자연스럽지 못하기 때문이다. 아이들의 삶이 묻어나는 이야기가 없기 때문이다.

우리는 살면서 누구나 겪은 것을 말로, 글로, 몸짓으로 표현한다. 표현할 때 어떤 수단을 사용하느냐가 다를 뿐이다. 우리말과 글로 표현한 것이 국어이고, 그림으로 표현한 것이 미술이고, 노래로 표현한 것이 음악이다. 수학도 마찬가지다. 아이들이 삶에서 겪은 것을 수학이라는 언어로 표현하는 것일 뿐 다른 교과와 다를 게 없다. 아이들이 수학에 흥미를 가지고 탐구하고 즐기게 되는 건 수학이 내 삶을 표현할 수 있는 의미 있는 세계라고 받아들이는 그 순간부터다. 그제야 비로소 수학의 눈으로 세상을 바라볼 수 있게 되는 것이다.

교사가 먼저 수학의 눈으로 세상을 바라볼 줄 알아야 한다. 그러면서 사용하는 방법 중 하나는 수학 역사와의 만남이다. 수학 첫 시간을 '수학 역사 이야기'로 시작하기도 한다. 수학이 우리를 괴롭히려고 나타난 외계침략자의 언어가 아니라는 것을 이야기하고 싶어서다. 인류가 생겨나고 문명이 발달하면서 생활의 편의를 위해 자연스럽게 만들어진 인간들의 언어가 수학이다. 따라서 수학의 시작은 인류의 시작과 같다고 할 수 있다. 인류 진화와 함께 수학도 진화해 왔고 앞으로도 그럴 것이다. 몇만 년 동안 생겨나고 사라지면서 발전된 인류의 언어 중 하나가 수학인 것이다.

그런데 그동안 학교 수학에서는 역사 발생에 따른 수학적 개념과 원리를 이해하고 발견하여 언어화하고 추상화하는 과정 대신 문제풀이 과정만 중요하게 다루어 왔다. 몇 마디 단어와 기호를 섞어 단숨에 개념을 제시하고 의미 없는 문제, 아이들의 삶과 상관없는 말로 가득한 문제를 정확하고 빠르게 해결하라고 요구해 왔다. 어른 자신들이 괴로워했던 그 방법 그대로 아이들에게 강요하면서 잘하라고, 좀 더 노력하라고만 해 온 것이다. 그러니 아이들은 점점 수학을 어려워하고 흥미를 잃게 된다.

수학은 이야기다

아이들의 탐구력과 상상력을 자극하기 위해서는 먼저 아이들을 이해해야 한다. 아이들에게 배움은 어떻게 일어나는가? 아이들이 새로운 것과 만나면서도 불안해하지 않을 때는 언제인가? 아이들은 언제

가장 활기찬가? 아이들이 어떤 때 궁금증을 느끼고 질문을 하는가? 아이들은 언제 스스로 하려고 하고, 언제 곰곰이 생각하는가? 교사가 이러한 질문들에 답하면서 아이들을 이해하는 것이 우선이다.

수학은 이야기다. 여기에서 말하는 이야기는 두 가지로 풀이될 수 있다. 아이들이 좋아하는 입말 이야기와 아이들이 서로 주고받으며 탐구하는 토론 이야기다. 아이들은 이야기를 좋아한다. 읽어 주고 또 읽어 주어도 들려주고 또 들려주어도 이야기를 좋아한다. 이야기를 들을 때 눈빛이 빛나고 호기심이 가득하고 질문이 넘쳐 난다. 그리고 그다음을 기대한다. 수학 역사 이야기, 아이들의 생활이 담긴 이야기, 모험이 담긴 이야기 등 아이들이 좋아하는 이야기 수학은 아이들을 불안하게 만들지 않는다. 불안하지 않은 아이들은 활기차고 두려움이 없다. 입말 이야기로 호기심을 불러일으키며 수학나라 문을 열었다면 이제는 토론을 나누며 길을 찾아가야 한다. 아이들과 아이들, 아이들과 교사가 서로 이야기를 나누며 함께 탐구하는 즐거움을 맛볼 수 있는 수학시간이 열리게 된다.

수학은 그리기다

아이들은 손에 연필을 잡기 전부터 무엇이든 그리고 싶어 한다. 그리면서 설명하고 그리면서 이해하길 좋아한다. 말보다 쉽게 머릿속에 있는 것을 꺼내 놓으며 즐거워한다. '그리는 수학'은 자신의 느낌이나 생

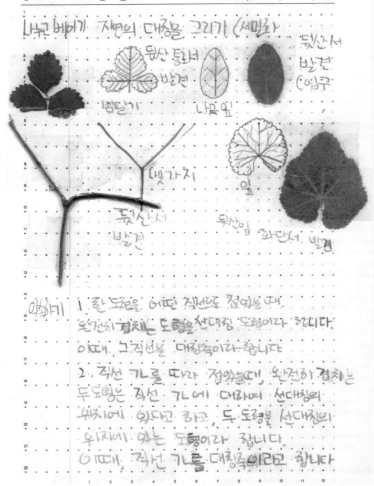

나뭇고 베끼기 지연의 대칭을 그리기 (세밀화)

뒷산 통화니 발견

뒷산서 발견 (입구)

뱀딸기　　　나뭇잎

잎

뒷가지

뒷산서 발견

뒷산잎 화단서 발견

이야기 1. 한 도형을 어떤 직선으로 접었을 때,
온전히 겹치는 도형을 선대칭 도형이라 합니다.
이때, 그 직선을 대칭축이라 합니다.

2. 직선 가로를 따라 접었을 때, 온전히 겹치는
두 도형은 직선 가에 대하여 선대칭의
위치에 있다고 하고, 두 도형을 선대칭의
위치에 있는 도형이라 합니다.
이때, 직선 가를 대칭축이라고 합니다.

각을 훨씬 더 자유롭게 표현할 수 있는 방법이다. 머릿속에 있는 것들을 꺼내어 보고 설명하다 보면 더 쉽게 이해하고 명확하게 만들 수 있다. 아이들은 자신의 생각을 친구들과 선생님에게 드러낼 때 활기차다.

수학은 움직임이다

아이들은 끊임없이 움직이는 존재이기도 하다. 수학 역시 움직이며 몸으로 알아가야 한다. 인류가 손가락, 매듭, 조약돌, 나뭇가지로 수를 셈하였듯이 구체물을 이용해 알아 가는 수학, 땅의 넓이를 직접 재어 보고 거리를 직접 걸어 보고 나무의 높이를 직접 재어 보는 활동이 필요하다. 교과서 밖으로 나와 수학을 만지고 느낄 수 있는 경험은 그 무엇보다 중요하다. 몸으로 겪고 손으로 만지며 수학적인 생각과 느낌을 드러내고 토론하며 자신의 생각을 넓혀 가는 과정 속에서 배워야 한다.

수학의 역사가 그러했듯이 아이들도 시행착오를 거치면서 발전해 간다. 이야기 수학, 그리는 수학, 움직이는 수학의 전제는 '인정'과 '기다림'이다. 어떤 방법이든 받아들여지고 누구의 생각이든 존중받는 분위기가 조성될 때 아이들은 두려워하지 않고 맘껏 상상한다.

교과서는 덮어야 한다

교사는 교육과정에 제시된 내용을 가르치되 필요에 따라 넓은 안목으로 통찰할 수 있어야 한다. 교과서를 덮으면 뭘 해야 할지 몰라서 할 게 없을 것 같지만, 사실은 그렇지 않다. 교과서를 덮으면 할 게 더 많아진다. 아이들의 삶을 소재로 삼으면 된다. 그러기 위해서는 아이들이 즐겨 하는 놀이, 생활 모습을 알아야 한다. 소재를 정했다면 자연스러운 문제 상황을 주고 이야기를 나누면 된다. 교과서는 좋은 자료이지만, 일반적이고 보편적이다. 지금 내 앞에 있는 여러 빛깔 아이들의 이야기가 아니다. 수업 주제에 맞는 이야기가 구체적 상황으로 주어지면 아이들은 의미 있는 문제로 받아들이고 흥미를 갖게 된다. 그러면 아이들은 움직이고, 생각하고, 그리고 도전한다.

분수 3분의 2를 공부한다고 하자. 교과서에는 이미 친절하게 정확히 삼 등분된 그림이 그려져 있다. 아이들은 두 칸을 색칠하기만 하면 된다. 분수의 의미를 배우는 것인지 색칠공부를 하는 것인지 알 수 없다. 이렇게 공부한 아이들은 문제를 풀 수는 있지만 의미를 제대로 말하지는 못한다. 분수의 의미를 알려면 의미가 담긴 생활 이야기로부터 자연스럽게 시작되어야 하며 아이들만의 분수 표현 방법도 인정되어야 한다. 종이, 공깃돌 등 아이들이 선택한 그 어느 것이나 인정되어야 한다. 저학년일수록 더욱 더 구체적인 자료가 필요하고 고학년이 되면 점점 추상적인 방법도 선택 가능하다.

수학교과서는 너무 친절하다. 시행착오 과정 없는 성공의 길로 안내되어 있어서, 아이들은 잘 닦아 놓은 길을 따라가기만 하면 된다. 하지만 아이들의 탐구력과 상상력은 방해받는다.

수학 공책은 보물 상자다

주제를 탐구하며 수학적으로 생각하고 상상했다면 그것을 담을 그릇이 필요하다. 또한 개념과 원리를 알아낸 후에는 익히는 과정도 꼭 필요하다. 이때 수학 공책이 유용하다. 이야기 나누기, 체험, 활동을 갈무리하지 못하면 단순히 놀았다, 재미있다는 것에서 멈추기가 쉽다. 개념 사이의 관계를 맺기 위해 그리고 쓰는 과정, 연습하고 익히는 과정에서 수학 공책이 큰 역할을 한다.

수학 공책은 교과서를 덮고 이야기를 나누는 수업을 할 때 더욱 유용하다. 아이들은 자신의 생각을 정리하고 친구의 생각을 메모할 공간으로 공책을 활용하고 있다. 수학 공부를 하고 난 후 알게 된 것, 궁금한 것, 재미있었던 것, 더 해 보고 싶은 것 등 떠오른 생각들을 정리하기도 한다. 이렇게 저마다의 빛깔로 정리된 공책을 아이들은 보물처럼 생각한다. 어른이 되어도 가지고 있다가 아이를 낳으면 보여 주겠다는 아이도 있다.

수학 공책은 수업시간에 활용을 하고, 학년에 따라 수학 복습 공책 (스스로 배움 공책)을 사용하기도 한다. 특히 수학 복습 공책은 서술형 생활문제 만들기를 통해 복습할 때 사용되고 있다. 스스로 문제를 만들고 풀이하면서 복습을 할 수 있다는 장점과 함께 아이들 생활이 담긴 이야기 문제를 통해 교사와 교감을 나눌 수 있다는 장점도 따라온다. 복습 후 마지막에는 짧은 '수학배움일기'(수학 여행)로 마무리하는데, 이 배움일기에 댓글을 달면서 아이들이 잘 이해하지 못한 부분을 개인 지도 할 수 있다. 배움일기는 아이들과 소통하는 작은 공간이 되기도 한다. 더불어 이것이 서술형 단원평가 문제로 사용되니 아이들의 관심 또한 높다. 솔직히 교사가 만든 문제보다 더 기발한 문제가 많다.

수학수업 살짝 들여다보기

아이들 이야기 속에서 수학적 개념과 원리를 탐구하며 서로 배움이 일어나는 수학수업을 해야 한다는 생각은 같으나 교사마다 수업에 녹여 내는 방법은 다를 수 있다. 그중 나의 수업시간을 살짝 소개한다.

수학수업의 큰 원칙은 주제와 큰 틀을 교사가 기획하되 그 속살은 아이들이 자유롭게 채우고 나눌 수 있도록 한다는 것이다. 학생들의 탐구심을 돋우기 위해 고민을 통해 나름의 틀을 만들었다. 이 틀은 일반적인 수학수업 활동 순서이지만 경우에 따라 바뀌기도 하고 생략되기도 한다. 미리 구상했던 것과 실제 수업 중 아이들의 반응이 다른 경우가 생기기 때문이다. 큰 틀은 생각거리, 생각 열기, 나누고 배우기, 약속하기, 익히기, '수학배움일기'(수학 여행)로 구성된다.

단원명은 미리 제시하지 않는다. 수학책과 수학익힘책, 수학 공책은 책상 위쪽에 덮은 채 수업을 연다. 책을 보게 되면 아이들은 더 이상 생각을 하려 들지 않는다. 보는 것과 아는 것은 다르며, 아는 것과 알려고 하는 것은 다르고, 발견하는 것과 탐구하는 것은 더더욱 다르다.

5학년 수학수업 이야기

주제: 소수의 곱셈 원리 알아보기

생각거리

차시에 따라 그날 공부할 문제라 할 수 있다. 수업을 구상하면서 가장 많이 고민하는 단계이기도 하다. 학생들의 생활을 관찰하거나 주변 환경을 고려하여 학생들이 가장 밀접하게 받아들일 수 있는 문제 상황을 골라내는 것이 가장 중요하다. 공기놀이, 숲 산책, 감자 심기, 수학여행 등 소재는 다양하다. 교사가 칠판에 적는 동안 학생들도 함께 공책에 적으며 생각한다. 이번 시간에는 얼마 전 다녀온 경주 수학여행에서 있었던 일 중 반 아이들 모두가 겪은 일을 소재로 하여 생각거리를 제시한다.

강마을 친구들은 경주로 수학여행을 갔습니다. 수학여행 마지막날 가족 선물로 찰보리빵을 샀습니다. 빵 하나의 무게는 2.5g입니다. 강이는 빵 3개를 샀습니다. 강이가 산 빵의 무게는 얼마인지 알아보시오.

생각 열기

의미 있는 '생각거리'는 곧 내 문제가 된다. 내 문제로 인식되는 순간 문제 해결 의지가 높아진다. 아이들은 그림, 식, 표 등을 이용해 해결 방법을 모색하게 된다. 교사는 '생각거리'만 던졌을 뿐이다. 아이들은 스스로 해결 방법을 찾아 움직인다. 수학 공책을 활용하여 혼자 생각하게 한다.

나누고 배우기

'생각 열기'가 혼자 생각하기라면 '나누고 배우기'는 함께 생각하는 과정이다. 스스로 찾은 내 생각을 친구들에게 설명하며 다시 한 번 배우기도 하고 오류를 발견하기도 한다. 친구들의 생각을 들으면서 내 생각과 비교해 보고 내가 하지 못했던 방법을 배우기도 하며 서로 나누고 배우는 시간이다. 자유롭게 교실을 순회하기도 한다. 칠판, 실물화상기를 이용해 남의 생각을 들으며 탐구해 나간다. 친구의 생각을 존중하고 함께 고쳐 가며 탐구해 나간다. 이때 교사가 생각하지 못했던 새로운 생각거리나 의문점을 제기하기도 한다. 생각 열기를 통해 충분히 고민을 했기 때문에 모두들 적극적이다. 친구들의 생각에 감탄하기도 한다. 소극적인 성향이거나 틀릴까 봐 부끄러워 자신 없어 하는 학생들이 있을 수 있으므로, 자신의 생각을 마음껏 이야기할 수 있는 허용적인 수업 분위기 형성이 중요하다. 틀린 답을 말했을 때 격려받은 경험이 있는 학생들은 다른 사람의 오류에도 관대한 모습을 보인다. 더 나아가 자신의 오류를 알게 해 준 친구들에게 고마워한다. "자신의 생각을 마음껏 이야기해라. 그리고 때로는 용감하게 틀려라. 그래야 배운다." 아이들에게 자주 하는 말이다.

익히기

'나누고 배우기'를 통해 알게 된 것을 바탕으로 문제를 해결하는 단계이다. 나누고 배우기를 통해 원리를 탐구했다면 이제는 계산 결과만을 얻고자 할 때 사용하는 방법을 익힌다. 주로 교과서에 나와 있는 문제를 칠판에 적어 주면 아이들이 수학 공책에 푼다. 교사가 순회를 하며 공책을 통해 심화, 보충하거나 수업 목표 도달 여부를 확인한다.

수학 여행(수학배움일기)

정리 단계이다. 활동을 통해 알게 된 것, 깨달은 것, 궁금한 것 등을 글로 풀어 쓰는 단계이다. 말할 수 있고 글로 표현할 수 있을 때 비로소 아는 것이라 할 수 있다. 처음에는 '수학배움일기'라고 하였으나 아이들이 이름을 바꾸자는 제안을 했다. 수학공부를 하고 나면 수학나라를 여행하는 느낌이니 '수학 여행'으로 하자고 해서 바꾸었다.

오늘 소수의 곱셈을 했다. 오늘 알게 된 것도 있는데 궁금한 것도 생졌다. 2.5×3을 세로셈으로 할 때 3은 2.5에서 5 아래에 써서 계산을 하는지 2 아래에 써서 계산을 하는지 궁금해졌다. 나중에 배우기로 했는데 빨리 배우고 싶다. 벌써부터 궁금하다. 나는 2 아래에다 써야 한다고 생각한다. 3은 자연수니까. 하지만 확실치 않다. 빨리 배우면 좋겠다.

— 최혜원

익힘책과 스스로 배움 공책을 통한 복습

수학활동 후 해당 차시 문제를 수학익힘책을 통해 과제로 해결한다. 또한 스스로 배움 공책에 매일 수학 이야기 문제를 만들어 푼다. 내가 아는 것을 수학용어와 기호로 쓰다 보면 기호 사용의 오류가 현저히 줄어든다. 또한 미처 이해하지 못한 것이나 궁금한 것을 적어 교사와 나누는 소통의 매개가 된다. 또한 아이들이 만든 문제는 수행평가나 서술형 단원평가 문제로 활용할 수 있다.

심유미 쌤은 강마을 24명에게 땅콩카라멜을 하나씩 주려고 합니다. 쌤은 마트에 가서 땅콩카라멜을 달라고 했습니다. 그랬더니 점원이 "한 개에 0.5그램이에요. 몇 그램 드릴까요?" 했습니다. 쌤은 그 점원에게 몇 그램이라고 말해야 합니까?

— 최혜원

매 단원 마지막 시간에는 '단원평가'를 실시한다. 단원평가 문제는 교과서에 있는 단원평가 문제와 스스로 배움 공책에 학생들이 만든 문제 중 선택한 서술형으로 실시한다. 단원의 성격에 따라 탐구 보고서 제출 등 다른 방법으로 단원평가가 이루어지기도 한다. 수업과 가정학습, 단원평가가 모두 연속의 과정이다. 평가가 수업활동이며 수업활동이 곧 평가가 될 수 있다. 단원평가까지 마치고 나면 단원 주제에 맞는 책갈피를 선물하기도 한다. 아이들은 한 단원을 끝냈다는 성취감을 맛보며 뿌듯해한다.

수학을 싫어하던 아이들이 자신에게 의미 있게 다가오는 이야기를 통해 수학과 만나고 몸으로 겪고 다양한 방법으로 표현해 내며 수학과 조금씩 가까워지고 있다. 그러나 수학 학습 부진과 격차 해소 방안 등 아직도 고민거리는 많다. 아이들이 수학의 눈으로 세상을 보며 수학이랑 친해졌으면 좋겠다.

오늘은 아름다운 대칭구조 만들기를 했다. 덕분에 눈송이도 만들고, 재미있는 반쪽 그림도 그렸다. 눈송이에 대칭의 수학이 숨어 있었다니, 정말 신기했다. 요즘은 세상이 수학으로 보인다.

— 오세린

수학일기 오늘은 ※ 아름다운 대칭구조 만들기를
했다. 뒷면에 눈꽃이도 만들고.

재미있는 반쪽그림도.

그렸다. (나목.) 눈송이에. 대칭의 수학이

숨어 있었다니. 정말 신기했다.

오늘은 세상이 수학으로 보인다.

와~, 세상이 수학으로 보이는구나

박용주

| 사회교육 |

체험으로
삶을 가꾸는
수업 이야기

　사회라는 교과의 의미는 무엇일까. 사회교과의 의미는 우리가 살아
가는 사회에서 일어나는 여러 현상들을 바라보는 '바른 안목'을 갖게
하는 교과라고 생각한다. 사람들이 어떤 사회현상을 인식하고 판단
할 때 그 판단의 준거는 무엇이 될까. 대부분은 그 사람이 가지고 있
는 배경지식일 것이며, 이것이 부족할 경우에는 다른 사람의 견해를
두루 듣고 그 가운데 적절한 선택을 하게 될 것이다. 바로 이때 필요
한 것이 '안목'이며, '바른 안목'이란 그 상황에 알맞은 현명한 판단을
내리는 것이다. 다시 말해 내가 가진 지식이 부족하더라도 상황이나
사회적 이슈 등을 종합하여 판단을 내릴 수 있는 힘이 바로 '바른 안
목'인 것이다. 그렇다면 사회과의 진정한 목적은 사회적 배경지식을

늘리는 데 있다기보다는 바른 안목을 기르는 데에 있다고 할 수 있을 것이며, 다양한 사회현상들에 대해 좀 더 복합적인 사고 과정을 거쳐 나만의 견해를 갖추고, 보다 적극적으로 사회생활을 해 나가도록 돕는 것이라고 할 수 있다.

사회과의 목적을 이렇게 볼 때 초등학교 사회과에서 아이들에게 주어야 할 것은 보다 다양한 사회현상을 접할 수 있는 기회와 다양하고 복잡한 사고 과정의 경험이 아닌가 싶다. 사회현상이 벌어지는 현장을 직접 마주하고 자세히 살피며 탐구하는 과정은 그 자체가 곧 사고의 과정이며 아이들의 삶이 된다. 이를 위해 남한산초등학교에서 주로 사용하는 사회과 학습의 방법으로는 현장을 방문하거나 몸으로 겪기, 자료를 수집하고 정리하기, 보고서나 작품집 꾸리기, 공부한 내용을 정리하는 글쓰기 따위가 있다. 이러한 활동들은 타 교과와 통합적으로 꾸려지기도 하는데 2010년의 '6·2 지방선거 프로젝트'나 2012년의 '우리 고장 프로젝트' 등의 프로젝트 학습과 4, 5, 6학년이 다녀오는 수학여행은 사회수업과 관련한 교과통합의 구체적인 실행 가운데 하나이다.

6·2 지방선거를 구하라!

4학년 사회 지방자치제에 관해 알아보는 단원은, 지방자치제도의 의미와 지방자치 구성원리, 그리고 지역의 문제를 해결하는 과정에 대해 알아보는 것으로 구성되어 있다.

마침 2010년 6월 2일은 지방선거가 있는 날이었다. 그래서 지방선거와 관련한 프로젝트 학습을 구성했고, 프로젝트 이름은 '6·2 지방선거를 구하라!'로 정했다. 세부 목표로는 '우리 반 학부모 투표율 100% 달성'을 내걸었고, 이를 달성할 경우 이번 프로젝트 수업은 성공하는 것으로 하였다. 프로젝트 수행 과정은 이러했다.

먼저 지방선거의 뜻과 집행과정에 대해 교과서와 참고 자료로 공부를 하고 당시 6·2 지방선거에 관한 자료를 수집하도록 했다. 신문 기사, 선거 홍보물, 선거관리위원회 홈페이지, 주요 후보 명단, 후보 공약, 후보 홈페이지 등을 통해 자료를 수집하고 분석해 보도록 했다. 그리고 과거의 지방선거 투표율을 조사해서 이번에는 투표율이 얼마나 될지 예상해 보도록 하고, 특별히 우리 반은 투표율을 100%로 해보자고 결의했다. 이어지는 활동으로 경기도청과 경기도의회를 방문했다. 방문하기에 앞서 경기도청과 경기도의회가 하는 일을 홈페이지를 통해 살펴보았고 경기도지사와 경기도의회 의원들의 명단도 찾아보았다. 그리고 모둠별로 역할을 나누어 질문거리와 조사 계획을 세워 보도록 했다.

경기도의회를 방문하니 견학 안내원이 친절하게 안내를 해 주었다. 홍보관에서 홍보영상물을 보고 경기도의회가 하는 일에 대한 설명도 들었다. 설명이 끝난 후에는 경기도의회 회의장으로 갔다. 아이들은 의장석에도 앉아 보고 의사봉도 두들겨 보고 경기도지사가 앉는 자리에도 앉아 보며 구석구석 돌아다녔다. 마지막에는 모두들 도의원 자리에 앉아 기념사진을 찍었다.

다음으로 경기도청을 방문하니 총무과의 직원 한 분이 나와 맞이해 주었다. 경기도청의 여러 부서를 안내해 주며 각 부서에서 하는 일을

설명해 주었다. 총무실에서는 회의실에 앉아 직원들과 직접 면담할 기
회도 있었다. 특히 기억에 남는 것은 경기도지사 집무실이었는데, 마침
도지사가 외출 중이어서 도지사 집무실을 직접 들어가 볼 수 있었다.
아이들은 회의용 의자에도 앉아 보고 사진도 찍으며 무척 신기해했다.

　현장 견학 후에는 6·2 지방선거에 관한 조사 보고서를 꾸미는 활
동을 했다. 이 보고서는 우리 지역의 지방선거 후보자를 조사해서 투
표를 하는 부모님들께 정보로 제공하기 위한 것이었다. 우선 모둠별
로 지역을 나누고 현장 견학을 다녀온 내용과 함께 각자가 맡은 지역

의 후보자에 대해 조사를 한 후 보고서를 꾸며 발표했다. 보고서에는 후보 정당의 홍보물과 명함 따위가 붙여졌고 공약에 대해 실현 가능한지 비판하는 내용도 들어 있었는데, 4학년 아이들이 이해하기엔 어려운 공약들이 대부분이어서 깊이 있게 다루지는 못했다.

드디어 6·2 지방선거 전날, 아이들은 부모님들께 투표에 꼭 참여해야 한다는 내용의 포스터를 만들었다. 지방선거에 대해 그동안 공부했던 사회과 내용에, 미술과의 포스터 꾸미기 단원을 통합해 정성껏 포스터를 만들어 집으로 가져갔다. 덕분에 우리 반은 투표율 100%를 달성할 수 있었고, '6·2 지방선거를 구하라!' 프로젝트는 성공을 거두었다.

지방선거 후에는 마지막 활동으로 우리 지역의 현안 문제에 대해 조사해 보고 그 해결 방안을 찾아보는 활동을 했다. 이번 활동은 특히 국어과의 '제안하는 글쓰기' 단원과 통합해서 꾸렸다. 우리 지역의 문제와 해결 방안에 대해 지방선거에서 뽑힌 대표에게 제안하는 글쓰기로 프로젝트 수업을 마무리했다.

성남에 큰 병원이 없어서 중병이 걸리면 분당, 서울까지 가게 된다. 2003년 성남 기존 시가지(수정구, 중원구)에 있던 두 곳 종합병원이 경영난에 허덕이다 문을 닫았다. 당시 인구 34만 명인 분당구에는 대형 종합병원 3곳이 있지만, 60만 명이 넘는 기존 시가지에는 종합병원이 단 한

곳도 없게 됐다. 2010년에도 계속 불편함이 있다고 한다. 성남에도 큰 시립병원이 있었으면 좋겠다. 이유는 어떤 사람이 중병이 걸리면 서울, 분당까지 가게 되어 병이 더 커질 수 있기 때문이다. 그러니 성남에도 큰 시립병원을 만들어 주면 좋겠다.

—4학년 서지우

주말에는 남한산성에 차가 엄청나게 많습니다. 그래서 우리 남한산성에 쓰레기와 사람이 꽉 찹니다. 그래서 매우 불편합니다. 그래서 요금을 내고 들어오거나 버스를 타고 들어오거나 달력에 사람들이 오는 날을 정했으면 좋겠습니다. 왜냐하면 주말에 차를 가지고 오면 남한산성이 차로 꽉 찹니다. 그리고 요금을 내고 들어오면 나중에 주차장과 남한산성에 좋은 일에 사용될 수 있고, 만약 달력에 오는 날을 정하면 쓰레기를 줄일 수 있습니다. 그래서입니다. 이제 이 글을 마치겠습니다.

—4학년 김지수

수학여행으로 삶의 현장 들여다보기

우리 학교는 4, 5, 6학년이 수학여행을 다녀온다. 4학년은 백제문화권을, 5학년은 신라문화권을, 6학년은 제주문화권을 답사한다. 역사의 현장을 눈으로 직접 들여다보며 살아 있는 역사의 숨결을 느끼기 위함이다. 수학여행은 여름방학이 끝나고 2학기 시작과 함께 다녀온다. 좀 더운 날씨이기는 하지만 이 기간을 선택한 까닭이 있다. 우선 현장이 무척 한가롭다. 대개의 수학여행은 4, 5월 또는 10, 11월 사이에 다녀오는 경우가 대부분이다. 이 기간에 경주를 여행해 본 사람은 알겠지만 줄 서고 이동하는 데 걸리는 시간이 만만치 않다. 복잡한 사람들 틈에서 불쾌했던 경험을 한 번쯤은 해 보았을 것이다. 8월 말에 수학여행을 가면 사람이 별로 없다. 또 다른 이유 한 가지는 학기 중 수업의 흐름을 끊지 않기 위해서다. 학기 중간에 수학여행을 다녀오게 되면 가기 전의 설렘과 들뜬 마음으로 한 주를, 다녀오고 나서 어수선한 분위기로 또 한 주를 보내게 된다. 학기 시작과 함께 여행을 다녀오고 한 학기를 올곧게 집중하기 위함이다. 그렇다고 한 번 치러야 하는 형식적인 행사쯤으로 여기는 것은 아니다. 수학여행은 준비부터 다녀온 후까지 모든 과정이 교과수업과 아이들의 삶으로 이어지는 통합적인 과정으로 마련된다.

5학년 사회과는 전 과정에서 우리나라 역사를 다루게 된다. 4학년에 다녀온 백제문화권 학습은 5학년 1학기 사회과 학습으로 이어지고, 5학년 1학기 사회과 학습은 2학기 초에 다녀올 신라문화권 학습을 위한 준비 과정으로 다루어진다. 수학여행을 앞두고 5학년 교실에서는 한 학기 내내 '첨성대 프로젝트'가 진행되었다. 첨성대가 만들어진 원리와 의미에 대해 살펴보고 직접 종이로 첨성대를 만들어 보는 것이다. 이 수업은 수학과와의 통합과정으로 마련되었는데, 아이들에게는 도형의 원리와 함께 첨성대의 구조를 살펴볼 수 있는 기회가 되었다. 이런 준비 과정을 거치면 경주에서 만나는 실제 첨성대의 모습이 아이들 마음 깊은 곳까지 뚜렷한 모습으로 새겨지게 된다.

6학년 제주문화권 여행은 역사체험보다는 자연과 생태 답사에 초점이 맞춰져 있다. 제주 올레길 걷기, 어촌마을 체험, 강정마을 답사, 동굴 탐험 등의 프로그램은 제주의 문화와 생태를 체험하기 위해 마련된 것이다. 6학년 수학여행 기획은 학부모와 아이들과 교사가 함께 참여한다. 특히 학부모들은 세부 프로그램과 이동 경로, 소요 경비까지도 꼼꼼하게 들여다보며 좀 더 나은 대안은 없는지 머리를 맞댄다.

수학여행은 누구에게나 학창시절의 추억으로 남는다. 세 번에 걸쳐 같은 친구들과 다녀오는 수학여행. 여행이 우리 아이들에게 주는 또 다른 선물은 바로 '관계'다. 교실에서 미처 맺지 못한 서먹했던 친구들과의 관계, 학교생활만으로는 만날 수 없었던 단짝친구의 또 다른 모습들, 이 여행으로 아이들은 서로를 좀 더 깊이 알아갈 것이다. 그리고 평생 간직하고 살아갈 추억을 가슴 깊이 새길 것이다.

이번 수학여행은 좀 유익하고 재미있는 여행 같다. 백제에 대한 유적이나 유물을 직접 봐서 유익했고, 애들이랑 재미있게 놀았기 때문이다. 다

시 말해서 두 마리 토끼를 잡은 것이다. 사진기는 못 가져왔지만 나의 기억 한 페이지를 적는 것 같다.

—4학년 양문규

두 번째 날 아침부터 불국사에 갔다. 내가 그토록 가고 싶어 했던 불국사! 가 보니까 생각보다 상당히 컸다. 청운교 백운교도 멋있었고 정말 다보탑은 크고 예뻤다. 석가탑은 정말 약간 단순하면서 웅장하고 멋있었다.

안에 들어가서 불상들을 많이 봤다. 제일 기억에 남는 불상은 눈과 팔과 손이 천 개인 부처님이었다. 약간 징그럽기도 했지만 신기하고 신비했다. (중략) 밤에 우리 조는 거의 안 잤다. 남자애들도 쳐들어와서 007빵과 기억력 게임 등등을 했다. 그리고 너무 답답해서 밖에 나와서 '무궁화 꽃이 피었습니다'도 했다.

— 5학년 강해리

으음. 제주도 수학여행 첫날 올레길을 걸었다. 진흙탕에 빠지는 수난을 겪으면서 올레길을 다 걸었을 때 정말 기분이 좋고 살았다는 생각이 들었다. 첫날 하하 깔깔 보내고 두 번째 날도 기분이 좋았다. 만장굴은 정말 시원하다 못해 추웠고 멋있었다. 특히 화산에 의해 흘러내린 것이 정말 멋있었다. 그다음 해수욕장 갔을 때도 바닷물이 맑고 모래도 좋아서 마음이 맑아진 것 같았다. 우도에 가서 등대를 올라갈 때는 인간의 고통을 맛봤다. 하지만 등대 올라가서 바람이 불어 정말 시원했고 경치가 너무 좋았다. 그다음 성산일출봉에 갔을 때 또 걷고 오르고 땀이 범벅이 되어 티셔츠를 다 적셨지만 정상은 경치도 좋고, 뭐랄까? 자신감이 생기는 느낌이었다. 2일째까지 걷기만 한 거 같았는데 3일째 태풍이 와도 비행기를 탄 것은 기적이었고 하늘에 감사한다. 제주도 수학여행은 뭐랄까. 엄청난 컨디션 기복이 왔지만 잘 다녀왔다.

— 6학년 정원식

　　　　　　　　　　　윤승용

이야기꽃을 엮어서

이야기를 쌓다

　월요일 아침시간이다. 교실에 들어서면 교실이 와글와글 시끄럽다. 가방도 미처 풀지 않은 채 무슨 이야기를 주고받는지 웃음은 떠나지 않는다. 주말 동안 잠깐 못 본 것인데도 오랜만에 만난 친구들처럼 서로 반긴다. 새로운 곳에 다녀온 아이는 함께 모여 이야기하는 시간이 따로 있는데도 참지 못하고 선생님에게도 친구들에게도 반복하여 이야기를 털어놓는다. 시간과 장소는 달랐지만 같은 영화를 본 아이들은 영화 속 주인공 흉내를 내며 이야기꽃을 피우기도 한다.

　교실에 아이들이 모두 모이면 자리에 앉아 이야기를 나눈다. 주말에 무엇을 하며 지냈는지, 누구와 함께했는지, 어디를 다녀왔는지에 관한 이야기를 친구들에게 들려주는 시간이다. 생각 같아서는 둥그렇게 둘러앉아 서로 마주 보며 이야기 나누고 싶지만 30명이 그렇게 하기에는 무리가 있다. 그래도 서로의 이야기를 들어 주고 반기는 눈빛은 살아 있다. 즐거웠던 이야기는 함께 웃어 주고, 힘들었던 이야기는 같이 그 마음을 헤아려 보기도 한다. 아이들이라 그런지 다른 이의 이야기를 들어 주려는 마음보다 자기 이야기를 하려는 마음이 앞서기도 하지만 월요일 아침에 서로의 목소리를 확인하며 일주일을 시작하는 기분은 따뜻하기만 하다.

일요일 아침 10시에 일어나서 아침 아니 아침 겸 점심을 라면과 떡볶이로 때우고 나니 배가 불러서 소화도 시킬 겸 숙제도 할 겸 검사검사해서 컴퓨터를 켰다. 바로 사이버로 들어가서 아이디와 비밀번호를 치고 들어갔다. 이때까지는 아무도 무슨 일이 일어나고 있는지 모르고 있었다. 숙제 하나를 끝내고 나니 긴장이 풀려서 놀고 있었다. 그러다 엄마에게 들켰다. 그래서 구몬을 했다. 그러고 나서 돌아다니다 보니 헐~ 안경이 없었다. 충격이었다. 한 10분을 안경을 찾아서 헤맸다. 결과는? 안경 실종. 아마 안경이 삐졌나 보다. 그 이유는 내가 오늘 아니 어제 파란색으로만 입고 나갈 거라고 했더니 그 말에 삐졌나 보다. 그래서 하는 말인데 안경! 너 쪼잔하다. 흥!

—5학년 엄희수

짝꿍을 바꾸고 주말 이야기를 하는데 창현이가 말을 했다. 한옥을 보고 "한옥~?!"이라고 말했다. 그런데 호범이가 한옥을 '한우'라고 들어서 웃겼다. 그리고 또 에피소드는 선생님이 "작년에 눈이 참 많이 왔죠? 그때 뭐 했지?" 그렇게 말씀하셨는데 창현이가 "방콕했죠."라고 하는데 애들이 잘못 들어서 "방귀?"라고 '낄낄' '쿡쿡쿡' '하하하' 웃었다. 창현이는 참 착하다.

—4학년 최다영

이야기를 나누다

우리 학교 아이들은 1학년부터 학교에서 자체 제작한 글쓰기 공책에 자주 글을 쓴다. 학교에서 쓰기도 하고 집에서 쓰기도 하고 주말을 보낸 후 쓰기도 한다. 이렇게 쓴 각자의 글을 나누는 방법에는 여러 가지가 있다. 어떤 반에서는 선생님이 직접 읽어 주기도 하고 어떤 반에서는 교실 뒤편에 붙여서 함께 읽기도 한다. 독후감을 중심으로 홈페이지에 올려 느낌을 나누는 반도 있다. 우리 반에서는 매주 지난 주에 썼던 글을 모아 편집한 '글소식지'를 함께 나눈다. 글소식지는 한 주 동안 꾸준히 썼던 글, 일기, 독후감, 보고서, 주장이 담긴 글, 시, 만화 등을 모아 날짜별, 글의 종류별, 주제별로 묶어 놓은 것을 말한다. 글소식지에는 글을 많이 썼든 적게 썼든 모든 아이의 글을 실어 주려고 한다.

일단 소식지를 나눠 주면 정해진 시간 동안 집중해서 눈으로 읽는다. 그리고 글소식지에 실린 글에 따라 여러 가지 활동을 한다. 같은 주제로 여러 가지 글이 실렸을 때는 각각의 글들을 비교해 보기도 하고 일상의 경험을 소재로 한 글이 많을 때는 비슷한 경험을 공유해 보기도 한다. 가장 좋은 글을 추천해 보고 추천한 이유를 얘기하는 시간을 가질 때도 있다. 친구들의 글에서 좋은 부분, 고쳤으면 하는 부분을 찾아 주는 활동도 있다. 대화글이 많이 들어가 상황 이해가 쉽다든가, 꾸며 주는 말이 있어 조금 더 실감 나는 것 같다는 칭찬이 나오기도 하고 "문장이 너무 길어 읽기에 숨이 차요." "무슨 말인지 모르겠어요." "엄마가 한 말이 들어갔으면 좋았겠어요." "계속 그런데 그런데 하니까 이상해요." 등의 따끔한 지적이 나오기도 한다. 소소하게 맞춤법에 대한 이야기도 하는데 자주 틀리는 글자, 구분해서 써야 할 글자에 관해 이야기한다. 맞춤법은 글로 소통하는 약속이기 때문에 어느 정도는 지켜 주어야 하는데 너무 무심하게 쓰는 아이들이 많아 넣은 활동이다.

그러나 무엇보다 소중한 것은 글소식지를 통한 경험 나누기다. 어떤 친구가 '버스에서 만난 이상한 아저씨'에 대해 글을 쓰면 모두들 버스 타고 다니면서 경험한 이야기를 한 마디씩 이야기한다. 한 아이

미션

배움과 나눔으로 삶을 가꾸는 학교

제목. 눈감고 걷기.

오늘 미션은 안내로 눈을 가
려서, 도서관, 교무실, 교장실에 가
기다. 계단 이 절벽 같았다. 5초마
해. 간이 떨어질거 같았다. 인수
가. 위험한게 있으면 말해주기로
했은데 안 말에 조서 벽에 부리쳐
서 아팠다. 동굴 갔았고 세상이
뒤죽박죽 했다. 나는 못성공
했는데. 인수는 성공했다. 내
이마에 눈글혹이 나서 아팠다
.

자기평가 및 한 줄 느낌

의 글이 여러 아이의 경험을 불러오는 것이다. 이렇게 서로 글을 나누면서 글이 가지는 '기록성'과 '공감의 힘'을 느껴 보는 것이다.

이야기가 살아나다

글소식지를 나누면 얻게 되는 교육적 효과가 생각보다 많다. 우선 제 생각을 드러내는 도구로 입말과 함께 글말을 사용하는 감각을 아이들이 몸으로 느끼고 익힌다는 점이다. 자기가 쓴 글이 인쇄물이 되어 모두에게 전해지고 입말로 하지 못했던 여러 이야기가 글말로 전해지는 느낌이 아이들 몸으로 스며들어 가는 것이다. 내 공책에만 있던 글을 인쇄물로 모두 공유하면서 아이들 글의 겉모습이 눈에 띄게 달라진다. 선생님이 첨삭지도를 하지 않았는데도 친구들의 반응 자체로 동기부여가 되는 것 같다. 자연스럽게 독자를 상정하는 글쓰기를 하게 되는 것이다. 너무 짧게 상황을 전달하던 글이 자세하고 생동감 있어지고, 글의 길이가 자연스럽게 길어진다. 꼭 길게 써야 좋은 글이 아니지만 글은 나만 보는 게 아니고 다른 이와 소통하기 위한 도구라는 사실을 알게 되는 것이리라. 친구들의 글을 보면서 어떤 글이 읽기에 재미있는지 어떤 글이 읽는 사람에게 더 친절한지 감각적으로 터득해 나가고 있음이 느껴진다.

글소식지는 학급 홈페이지에 올려 두어 언제든 볼 수 있게 하는데, 아이들보다 부모가 더 반긴다는 생각이 든다. 학교생활이 궁금해도 지금까지는 아이의 입을 통해서만 전해 들었는데 글소식지를 통해 다른 아이의 생각까지도 읽을 수 있으니 아이들의 삶을 더 깊이 이해할 수 있게 되었다고 한다.

다른 친구들의 글쓰기도 너무 재미있게 읽었지만 재윤이의 글쓰기 생각을 읽고 규리하고 한참을 웃었습니다. 재윤아! 정말 대단하다. 글쓰기 6권. 재윤아! 누군가가 너의 글쓰기를 읽어 주었으면 좋겠다는 마음을 많이 가지고 있다 했지. 규리랑 아줌마가 많이 읽어 줄게.

—3학년 김규리의 엄마

한두 명 아픈 건 알았지만 많은 아이들이 아픈 줄 몰랐네요^^;; 얘들아! 힘내!!! 울 일석 군 자신의 글을 보고 큰 눈이 더 커지면서 급당황하네요.

—3학년 최일석의 엄마

한 학기 동안 글소식지를 묶어 놓으니 16호까지 나와 있다. 16주 동안의 이야기가 오롯이 쌓여 있는 뿌듯함은 그 무엇과도 바꿀 수 없다. 2학기의 시작과 함께 17호가 나올 것이고 한 주 한 주 쌓여 갈 것이다. 나누었던 웃음, 슬픔이 달아나지 않고 글에 담길 것이다.

겨울방학이 되어 아이들과 헤어진 뒤에도 선생님들은 바쁘다. 일단 1년 동안 쌓인 아이들의 글을 갈무리해서 문집을 만드는 작업만 해도 만만치 않기 때문이다. 그동안 써 온 글쓰기 공책에서 글을 모아서 한 권의 책으로 탄생시킨다. 아이들별로 글을 묶기도 하고 주제별로 글을 묶기도 하고 문집 표지부터 내용까지 모두 각 반의 개성이 오롯이 살아 있다. 문집에 실릴 글은 아이들 각자가 자신의 공책에서 뽑기도 하고 부모님과 선생님이 함께 뽑기도 한다. 학급문집 편집으로 겨울방학 대부분의 시간이 가지만 처음 만남에서부터 쌓아 온 이야기꽃이 차곡차곡 책으로 묶이는 뿌듯함은 중독성이 있다. 문집에 엮을 글을 정리하면서 자연스럽게 1년을 돌아보게 된다. 그리고 아이 한 명 한 명을 다시 떠올리게 된다.

예전에는 전교 회장부터 시작해서 이름 있는 아이들, 글솜씨가 있는 아이들의 작품으로만 이루어진 문집이나 신문이 많았다. 물론 아직도 그런 식으로 만들어지는 문집이나 신문은 많다. 학급문집에는 반드시 학급 아이들 전체의 글이 수록되어야 한다. 문집의 역할은 글솜씨 자랑에 있는 것이 아니라 각자의 진솔한 마음과 삶을 온전히 기록하고 나누는 데 있기 때문이다. 일부 아이들의 글만으로 문집을 꾸릴 경우 그 생명력을 잃게 됨은 당연한 것이다.

이런 여러 의의를 살려 내는 데 남한산초등학교 선생님들의 공감은 충분하다. 매년 예산 편성에서도 학급문집 편찬 비용을 꼭 먼저 챙기는 것도 이 때문일 것이다.

한 학년을 마무리하는 2월에 문집을 나누는 시간을 가진다. 아이제목.

15CM는 대왕영영불의 길이같고

16CM는 저금통의 길이같고

17CM는 내 한 뼘의 길이고

18CM는 내 얼굴길이고

19CM는 메모지의 길이 같고

20CM는 끌기띠 장갑의 길이 같고

21CM는 인정의 길이 같고

21CM는 엄마 울통의 길이 같고

23CM는 장난깜 자동차의 길이 같고

24CM는 내 팔의 길이 같고

25CM는 색종이의 길이 같고

26CM는 라디오의 길이 같고

27CM는 어른들의 팬티의 길이 같고

28CM는 보통책의 길이 같고

29는 CM는 단소의 길이 같고

자기평가 및 한 줄 느낌

다음장으로   출발 !

들은 만화책 볼 때보다 더 재미있는 얼굴로 문집을 열심히 읽는다.

"야, 숲속학교 때 정말 재밌었는데."

"이때 김치랑 같이 먹은 쌈 정말 맛있지 않았냐?"

"아, 산성 순례할 때 발톱 빠질 뻔했는데."

이런 추억들이 한 마디씩 아이들 입을 타고 나온다. 그리고 이때 가장 많이 나오는 말은 당연히 이 말이다.

"엊그제 같은데 벌써?"

추억은 사라져도 글은 남는다. 글이 주는 기록성은 이렇게 조용하면서도 울림이 있다. 글은 사람들이 만들어 낸 것 중 가장 뛰어난 도구라고 한다. 6년 내내 글을 쓰고 또 그 글로 묶은 책을 보며 자라나면서 아이들 가슴에는 분명 무엇인가 남을 것이다. 아이들이 남한산을 떠난 뒤에도 자기를 담은 글을 쓰고 쌓아 갈 수 있었으면 좋겠다. 그리고 그 글에 거짓이 아닌 솔직한 마음과 진실을 담았으면 좋겠다.

박용주

나눔으로 채워 가다

'나눔수업'을 기획하다

2011년까지 남한산초등학교는 토요일을 전일제 체험학습일로 정해 운영해 왔다. 이는 남한산초등학교가 가지고 있는 독특한 교육 운영 방법의 하나로 적극적인 교육과정 재구성이자 학교가 지향하는 '체험중심통합교육'의 실천이기도 하다. 토요 체험학습은 각 교과에서 관련 주제를 묶어 교과통합의 방식으로 편성되며, 학습 형태는 전체형과 담임형, 순환형의 세 가지 모습으로 되어 있었다. 전체형은 전교생을 대상으로 공통된 주제로 진행하는 프로그램을 말하는데 과학의 날, 남한산한마당, 연극의 날, 남한산성 걷기 순례, 남한산 바자회 등으로 채워진다. 순환형은 교사가 자신이 담임을 맡지 않는 다른 반을 순환하며 수업하는 프로그램인데, 교사들은 각자의 특기 분야에서 학년별 수준을 고려해 학습 내용을 준비하고 한 해 동안 전체 학년을 들어가 수업한다. 그림동화로 풀어 가는 이야기 수업, 놀이로 만나는 수학수업, 영화로 배우는 과학수업, 함께 어울려 즐기는 전래놀이수업 등이 있다. 담임형은 담임 교사가 각자의 학급을 중심으로 운영하는 프로그램을 말하는데 교과수업이나 프로젝트 수업에 필요한 다양한 체험형 통합학습으로 채워진다.

2012년부터는 국가 교육정책에 따라 주 5일제 수업이 전면 시행되었다. 이에 따라 그동안 운영해 오던 토요 체험학습을 전면적으로 손보지 않을 수 없게 되었다. 몇 차례의 교사회의를 거쳐 모인 교사들 생각은 토요 체험학습이 가지고 있는 장점을 그대로 가져가되, 보다 유연하게 운영하자는 것이었다. 학년마다 필요한 체험학습 시기와 내용을 고려하고 교사가 가지고 있는 재능과 특기를 나눠 보자는 의견도 나왔다. 매월 마지막 주에 학년별로 교사가 '월 교육과정 운영 계획'을 짜 와서 다음 달 운영에 필요한 부분과 서로 도움을 줄 수 있는 부분을 공유하며 수업을 기획해 보자고 하였고, 이를 '나눔수업'이라 부르기로 했다.

나눔수업 가운데 담임형은 학년 교육과정 내용에 따라 월 1회 정도 자유롭게 진행하는 것으로 했다. 일정을 따로 고정하지 않고 필요한 날짜에 배치하도록 했으며, 무엇보다 담임이 학급운영이나 수업에 필요한 내용으로 채우도록 했다. 2학년에서 주제통합학습으로 영화

공부를 할 때 남양주 영화종합촬영소를 방문해 도움을 받았던 일, 3학년에서 우리 고장 축제에 관한 공부를 할 때 지역에서 열리는 광주왕실도자기축제에 다녀온 일 등이 담임형 프로그램의 좋은 예라 할 수 있겠다.

순환형과 전체형 프로그램은 각각 둘째 주와 넷째 주 금요일에 배치하기로 하고, 이를 '금요 체험학습'이라 부르기로 했다. 특히 전체형 프로그램은 이전에 진행했던 프로그램들을 하나하나 따져 보아 꼭 해야 할 것을 추리고 그 외에 새롭게 필요하다고 생각되는 프로그램을 더 넣었다. 올해 4월은 '과학의 날', 5월은 '연극의 날', 6월은 '놀이 미디어 교육의 날', 9월은 '성교육의 날', 10월은 '남한산 바자회의 날', 11월은 '수학의 날'로 정했다.

나눔수업의 꽃, 순환수업 들여다보기

순환수업은 교사가 자기만의 빛깔을 낼 수 있다는 것이 가장 큰 장점이다. 초등학교 교사라도 저마다 가지고 있는 특기나 전문 영역이 있게 마련이다. 그것을 아낌없이 내어놓으며 나눌 수 있는 시간, 순환수업은 바로 그런 '나눔의 시간'이다. 또한 한 교사가 여러 학년을 돌아가며 들어가기 때문에 다른 학년 아이들과도 가까워질 수 있고 또

수학이랑놀자

수학에 날이란
교과서 수학에~
벗어나!!
수학과 신나게
노는날~~!
(놓아요~)

학년마다 하는일 <-이걸언제=11.23
1학년≈소마큐브   어디서 =각자교설
2학년≈소마큐브
3학년≈소마큐브
4학년≈축구공만들기
5학년≈사이펀스케

아이들은 여러 선생님을 통해 다양한 배움을 얻고 친해질 수 있는 시간이 된다. 남한산에서 순환수업을 시작하게 된 가장 큰 이유가 바로 이것이었다. 모두가 함께 키우는 아이들. 그러려면 먼저 아이들을 알아야 하는 것이다.

순환수업이 있는 날, 아침부터 교사들은 수업 준비로 바쁘다. 여섯 명의 교사가 서로 다른 주제를 가지고 서로 다른 교실에 들어간다. 아이들은 아이들대로 오늘 만날 선생님을 따라다니느라 바쁘다.

2학년은 윤승용 선생님과 함께 이야기를 그림자극으로 꾸며 발표하는 그림자극 수업을 한다. 어제부터 교실에 환등기와 가림막을 설치하고 옷걸이 여러 개를 곧게 펴 놓았다. 오늘은 또 어떤 이야기들이 그림자극으로 펼쳐질까. 3학년은 박미경 선생님과 함께 미 체험수업을 한다. 학교 구석구석을 둘러보며 미적인 손길이 필요한 곳을 찾아 다시 꾸며 볼 예정이다. 4학년은 심유미 선생님과 함께 놀이로 만나는 수학수업을 한다. 아이들을 데리고 수학박물관을 다녀올 것이란다. 수학박물관이 있다는 사실을 심유미 선생님을 만나 처음 알게 되었다. 5학년은 김우석 선생님과 함께 연극놀이 수업을 한다. 김우석 선생님은 연극에 관심이 많은 분이다. 지난 겨울계절학교 때는 직접 쓴 대본으로 아이들과 함께 무대에 연극을 올렸다. 놀이로 만나는 연극은 또 어떤 맛일지 기대된다. 6학년은 배동건 선생님과 함께 재미있는 과학수업을 한다. 올해 남한산초등학교에 전입한 배동건 선생님은 과학, 미술 교과전담을 맡았다. 아이들과 과학수업시간에 미처 해 볼 수 없었던 재미있는 실험을 마음껏 해 볼 수 있겠다며 의욕에 찬 모습을 보였다.

이제 내가 진행하는 1학년 전래놀이수업 속으로 살짝 들어가 보자. 평소 아이들 놀이문화에 관심이 많았던 나는 이전 학교에서부터 체육시간을 이용해 전래놀이를 가르쳐 주곤 했고, 남한산초등학교에 와서는 아예 체육시간 가운데 한 시간은 전래놀이수업으로 정해 매주 함께 놀았다. 자연스럽게 순환수업 주제도 전래놀이로 정했고, 학년별 수준에 맞는 놀이를 가려 모았다. 전래놀이는 나이가 어릴수록 더 좋아하고, 덩달아 가르치는 선생도 더 신이 난다.

1블록은 교실에서 하는 전래놀이다. 맨 먼저 저학년이 할 수 있는 간단한 놀이를 한다. "감자에 싹이 나서 잎이 나서 감자감자 쏭~"노래를 부르며 주먹, 가위, 보를 내다 마지막에 가위바위보를 하는 놀이다. 가위바위보에서 이긴 사람은 진 사람 뒷덜미에 손가락을 콕 찌르며 "어느~ 손?" 하면 찔린 사람이 손가락을 맞혀야 한다. 이때 정확하게 맞히면 다시 놀이를 하고 못 맞히면 또 찌른다. 아이들은 손가락으로 뒷목이 찔릴 때마다 간지럽다며 흥이 나고, 맞히지 못하면 또 찔린다며 흥이 난다. 이것이 익숙해지면 이번에는 두 손으로 놀이를 한다. 노래는 똑같고 마지막에 두 손으로 가위바위보를 한 뒤 "하나 빼기!"를 외치며 한 손을 뒤로 뺀다. 처음에는 힘들어하지만 여러 번 하다 보면 금세 익숙해지고 더 재미있어한다. 이번에는 벌칙으로 손가락 찌르기 대신 보리밥 쌀밥을 한다.

다음 놀이는 구슬놀이다. 구슬 여러 개를 두 손으로 모아 흔들다가 몇 개를 한 손에 넣고 내밀며 "홀짝!" 하고 맞히는 놀이다. 아이들에게 구슬 다섯 개씩을 나눠 준 뒤 짝과 구슬 따먹기를 해 보라고 한다. 1학년 아이들은 손이 작아 구슬을 자주 떨어뜨리지만 이것도 금세 익숙해져 능숙하게 접어 보이며 "홀~짝"을 부른다. 맞히면 구슬을 한 개 빼어 오고 못 맞히면 반대로 한 개를 줘야 한다. 다섯 개를 금방 잃어 구슬을 더 달라고 조르는 아이도 있고, 반대로 다섯 개 다 땄다며 자랑하고 다니는 아이도 있다. 놀이를 마치고 구슬은 선물이라 가져도 된다고 했더니 신이 났다. 집에 가서 아빠와 꼭 해 보겠단다.

교실에서 하는 마지막 놀이는 칠교놀이다. 일곱 개 조각을 가지고 여러 가지 모양을 만드는 놀이다. 미리 인쇄해 나눠 준 모양을 보며 이리저리 맞춰 본다. 금방 맞추는 아이도 있고 시간이 좀 걸리는 아이도 있다. 대략 열 가지 정도 모양을 맞추어 본 다음 이번에는 빈 종이를 나눠 주고 자기만의 작품을 만들어 보도록 한다. 작품을 만든 다음에는 제목과 이름을 쓰게 하고 기념으로 사진을 찍어 준다. 참 재미있고 그럴듯한 작품이 많이 나온다. 찍은 사진은 나중에 학급 홈페이지에 올려 친구들 작품을 두고두고 감상할 수 있게 한다.

2블록은 마당에서 하는 놀이다. 학교 뒷산에는 꽤 넓은 마당이 있는데 군데군데 나무도 있고 숲이 우거져 있어 놀이를 하기에는 안성맞춤이다. 아이들은 뛰어노는 것이라면 어떤 놀이든 좋아한다. 아이들 본래 습성이 그렇기 때문이다. 그래서 뛰어놀지 못하는 아이는 마음에 병이 든다. 반대로 마음이 아픈 아이는 뛰어놀다 보면 어느새 치유가 된다.

첫 번째 놀이는 술래잡기다. 오늘은 여러 가지 술래잡기놀이 가운데 앉은뱅이를 골랐다. 술래가 된 아이가 다른 아이들을 채러 다닌다. 채일 것 같으면 "앉은뱅이!" 하며 앉는다. 그러면 술래는 잡지 못한다. 술래가 곧 멀어지면 "일어섰다!" 하며 다시 도망 다닌다. 단순한 놀이지만 아이들은 뛰고 도망가고 잡히고 하는 맛에 신이 난다. 술래잡기놀이는 세계 어느 나라 어린이나 즐기는 놀이 가운데 하나라고 한다. 그만큼 단순하고 재미있다.

다음은 진치기놀이다. 큰 나무를 하나 골라 진으로 정하고 술래를 네 명 정도 정한다. 술래가 쫓아다니다 아이들을 잡아 오면 붙잡힌 아이는 진 나무에 손을 대고 서 있어야 한다. 그러다 다른 아이가 "진!" 하며 나무를 치고 가면 붙잡힌 아이는 다시 풀려날 수 있다. 술래는 작전을 잘 짜야 한다. 진을 지킬 사람, 붙잡아 올 사람을 잘 정해야 하는 것이다. 진을 치는 아이는 자랑스럽다. 내가 다른 아이를 살려 줬기 때문이다. 붙잡힌 아이는 어서 내가 살아나기를 기대한다. 가끔은 술래가 되고 싶은 마음에 일부러 붙잡혀 오는 아이도 있다.

술래는 쫓아가서 붙잡아 오니 신이 나고 나머지는 술래를 놀리며 도망 다닐 수 있어 신이 난다.

마지막은 신발 숨바꼭질놀이다. 술래가 정해지면 나머지 아이들은 신발 한 짝을 여기저기에 숨겨 놓는다. 뒷산 우거진 풀숲이나 나뭇가지 사이, 낙엽 밑에 꼭꼭 숨긴다. 술래는 나무 기둥에 눈을 감고 서서 "꼭꼭 숨겨라. 신발 끈 보일라~" 노래를 부른다. "다 숨겼니?" 하고 술래가 물으면 "아~니" 하거나 "다 숨겼다!" 하고 대답해 준다. 이윽고 술래가 신발을 찾으러 다닌다. 이때 아이들은 "엄마~ 신발 찾아 주세요~ 아빠~ 신발 찾아 주세요~" 하며 옆에서 졸라 댄다. 술래는 "알았다. 금방 찾아 줄게~" 하며 신발을 찾아다닌다. 찾은 신발은 정해진 곳에 모아 놓고 어느 정도 찾으면 "못 찾겠다 꾀꼬리~" 외친다. 그러면 나머지 아이들은 자기 신발을 찾아 오는데 이때 꼭 한두 명은 자기 신발을 찾지 못한다. 너무 잘 숨겼기 때문이다. 오늘도 한 명이 자기 신발을 못 찾아 결국 울음을 터뜨렸고 십 분 넘게 찾아 헤맨 끝에 낙엽 속에 파묻힌 신발을 겨우 찾아냈다. 신발을 찾아 준 아이는 어깨를 으쓱대며 "다 내 덕분이야." 하고 자랑하며 다닌다. 울던 아이는 금세 울음을 멈추고 얼굴이 환해진다. 이제 맘 놓고 집에 갈 수 있기 때문이다.

전래놀이수업은 이렇게 마쳤다. 아이들의 환한 표정과 얼굴에 얼룩져 있는 땟국물이 참 보기 좋다. 한참을 신 나게 뛰어논 아이들 얼굴은 환하다. 그렇게 환할 수 없다. 누군가 '아이들이 희망이다!'라고 했다. 아이들의 환한 얼굴을 보면 그 말뜻을 알아차릴 수 있다. 환한 얼굴을 가진 아이들에게서 희망을 보고 미래를 본다.

| 숲속학교 | 황영동

우리가 만드는
한여름밤의 축제

　숲속학교는 7월 중순에 열리는 1박 2일 교육활동이다. 학교에서
전교생이 저녁밥을 지어 먹고 하룻밤을 같이 잔다. 숲속학교는 남한
산 아이들이 가장 기다리는 활동 중의 하나이다.

　숲속학교는 남한산초등학교에서 계절학교와 함께 12년 전부터 열
렸는데, 공동생활을 통해 선후배들이 서로 정을 나누고 자연체험활
동을 통해 주변의 생태를 경험하면서 그 소중함을 느끼자는 의도로
시작되었다. 초기에는 학교 구성원 전체가 어울리는 규모 큰 행사로
기획, 운영되었다. 학부모들도 참여하는 야영 행사였다. 하지만 여러
가지 논의 끝에 점점 학생들의 자치활동에 중심을 두는 교육활동으
로 방향이 바뀌었다. 어른들의 손에서 아이들의 손으로 넘겨주는 방

향으로, 학생들이 활동의 주체가 되어 활동할 수 있도록 조금씩 변한 것이다. 교사와 학부모는 아이들의 활동을 지켜보거나 지원하는 시스템이다.

숲속학교는 1학년부터 6학년까지 한 모둠에 고루 섞이도록 설계하여 학년 통합활동이 가능하도록 하였다. 고학년들에게는 돌봐야 하는 후배들이 있고, 이틀 동안 그들을 책임져야 한다. 작은 학교에서 학년 통합은 사회성을 기르고, 소속감을 기를 수 있다.

그동안 숲속학교를 운영하면서 어떻게 하면 아이들이 더 많은 활동을 하고 그 활동 속에서 배움을 얻을 수 있을까 고민하다가 한두 가지씩 문제를 찾고 해결했다. 예를 들어 예전에는 아이들이 제각각 다른 텐트를 가지고 와서 설치를 했는데, 시간이 오래 걸리고 어른들의 도움도 많이 필요했다. 그래서 모둠 숫자만큼 같은 텐트를 학교 예산으로 준비하였다. 텐트의 형태도 적당히 조립의 난이도가 있는 것으로 구입하였다. 고학년들에게는 미리 텐트 치는 방법을 설명하여 모둠별로 협력하여 설치할 수 있도록 하였다. 고학년들이 텐트를 칠 때 1, 2학년들은 모둠 깃발을 만든다. 점심 무렵이면, 텐트 설치가 다 되고 저학년들이 만든 모둠 깃발을 달아서 멋진 텐트촌이 완성된다. 점심은 도시락을 준비해서 텐트에서 같이 먹는다.

오후 프로그램은 학교 주변에서 하는 자연생태놀이다. 물 나르기, 약초 만들어 붙이기, 돌탑 쌓기, 숲 터널 통과하기, 왕관이랑 옷 만들어 입기, 통나무놀이, 나뭇잎 모자이크, 숲에서 하는 림보놀이, 보물찾기, 자연물로 염색하기 같은 여러 가지 놀이와 활동이 있다. 주변 자연을 보면서 어떻게 자연스럽게 아이들의 삶 속으로 스미게 할지 고민한 끝에 나온 활동들이다. 6학년 모둠장을 앞세우고 숲속으로 가서 여러 가지 활동을 수행하는데, 가끔 길을 잃고 헤매기도 하고 모둠 안에서 아이들끼리 의견이 안 맞아서 우왕좌왕하기도 한다. 평소 다니던 익숙한 장소이지만, 이런 활동 속에서 새롭게 발견하는 것들이 있다. 이런 활동과 함께 아이들은 곤충이나 들꽃의 이름을 알게 되고 친숙함을 느끼게 된다. 각 활동 장소에는 교사와 학부모가 있어서 아이들의 활동을 돕는다.

식사도 아이들이 스스로 준비해야 하는데 저녁 만들기는 생각보다 도전적인 과제이다. 남한산초등학교는 음식에 대해 정한 규범이 있다. 인스턴트 식품, 탄산음료 같은 음식은 먹지 않기로 했다. 가공식품과 고기류는 가져올 수 없다. 밥은 반드시 지어야 한다. 김치찌개에 라면 사리와 스팸은 안 되고, 삼겹살을 구워 먹는 것도 안 된다. 삼분카레도 안 된다. 저학년들은 왜 안 되는지 이유를 잘 모르지만 5, 6학년들은 대체로 이해를 한다. 숲속학교를 준비하는 교사들은 "저녁식사에서 그때만이라도 자연친화적인 음식을 먹었으면 합니다."라고 말하기도 하고 "그날 한 번쯤 고기와 가공식품이 아닌 식물성 식재료를 이용하여 저녁을 손수 지어 먹는 것이 좋은 경험이 아닐까 생각해요."

라고 말하기도 한다.

　저녁 준비는 고학년들에게는 즐거운 일이기도 하고 긴장되고 다소
중압감을 느끼는 일이기도 하다. 6학년 아이들은 "생각보다 준비하는
것이 복잡해요. 집에서 연습하기도 했는데 속도가 느리고, 언제 음식
이 되는지 자꾸 물어보는 1학년이 배고파할까 봐 마음이 급해집니
다."라고 말한다. 하지만 자기를 바라보는 저학년 동생들을 보면 책임
감이 들기도 하고 맛있게 음식을 먹는 동생들을 보면서 뿌듯하기도
하단다.

저녁 먹고 하는 장기자랑은 3주 전부터 공개적으로 모집한다. 오디션을 통과한 팀이나 개인이 꾸미는데 장기자랑의 준비와 사회는 모두 6학년들이 스스로 기획하고 진행한다. 장기자랑 오디션은 신청자가 많아서 점심시간을 이용하여 3일에 걸쳐 진행했는데, 올해는 주로 노래, 율동, 악기 연주, 재즈댄스 같은 것들이었다.

보도블록이 깔린 학교 뒷마당에 무대가 설치된다. 교사들은 이틀 동안 직접 학교의 목재를 이용하여 무대를 만든다. 학부모들도 같이 참여한다. 조명도 변변치 않지만 여름밤을 아름답게 만들기에는 충분하다. 장기자랑이 끝나고 나면 1학년과 2학년은 교실에서 자고 3학년부터 6학년까지는 텐트에서 잔다. 3학년이 되어 텐트에서 처음으로 잠을 자는 아이들은 한결같이 "작년에는 시시하게 교실에서 잤는데 올해 형들하고 텐트에서 자니 기분이 좋아요."라며 입을 모은다.

둘째 날 아침, 할 일을 독려하는 마이크에서 나오는 교사들의 목소리가 남한산을 울린다. 간단하게 아침을 먹고 텐트를 걷고 정리하는 시간은 아이들에겐 그리 즐거운 시간이 아닌 듯하다. 아이들은 놀 때와 먹을 때 그리고 공 찰 때는 빠르지만 정리할 때는 느리기만 하다. 짐 정리를 하고 중앙 현관 앞 계단에서 기념촬영을 하면 숲속학교의 모든 일정이 끝난다.

숲속학교는 아이들에게 무엇으로 남을까? 졸업생들은 숲속학교 때 학교를 방문한다. 이제는 중학생이 된 그 아이들에게 숲속학교는 아름다운 기억으로 남아 있다. 무슨 이야기를 했는지는 정확히 기억나지 않지만 밤새 수다를 떨었던 기억, 같이 밥해 먹었던 기억, 간혹 모둠 후배들이 말을 안 들어서 힘들었던 기억, 숲에서 길을 잃어서 당황했던 기억이 있지만, 텐트에서 후배들하고 같이 잠을 자는 것 자체가 즐거웠다고 한다. 아이들에게 숲속학교는 하나의 축제로 기억된다.

"중학교 때 수련원 가는 것과는 전혀 다르죠. 이벤트 업체에서 상기자랑을 진행하는데 시끄럽기는 한데 기억에 남는 것이 없었어요. 숲속학교 때는 우리들이 직접 기획한 게 많았어요. 그래서 기억에 많이 남는 것 같아요."

숲속학교에 놀러 온 졸업생의 소감이다.

황영동

손으로 익히고
몸으로 느끼기

남한산초등학교의 계절학교는 일반 학교에서 매주 한 시간 학급 단위로 운영되는 재량활동시간을 모아 일주일 동안 진행하는 주기집중형 프로그램이다. 여름계절학교는 일주일간의 생활문화체험학습으로, 겨울계절학교는 무대공연활동으로 진행된다.

여름계절학교

여름계절학교에서는 흙, 나무, 종이, 실, 천과 같은 기초 소재를 사용하여 여러 학습을 진행한다. 기초 소재는 단순하지만 자유롭게 변형이 가능해 다양한 학습의 결과물들이 나올 수 있다. 기초 재료를 이용해 직조, 도예, 목공, 한지공예, 퀼트, 짚풀공예, 뜨개질, 요리, 패션 등의 활동을 하고, 기록장을 따로 마련하여 매일매일의 이야기를 아이들 스스로 정리하고 기록한다. 마지막 날에는 소박한 전시를 통해 활동의 결과물을 모두가 공유하는데, 방학식과 겸해서 전시가 열린다. 아이들은 스스로 기획한 전시회를 통해 다른 사람들의 작품을 보고, 배우고, 내년에는 뭘 할지도 생각하게 된다.

계절학교의 커다란 틀은 바뀌지 않지만, 해마다 교육적 지향점을 찾아 새로운 슬로건을 만든다. 아이들의 모습을 반성적으로 고찰한 교사 학부모들이 교사회의와 학부모회의에서 논의한 결과가 반영되어 만들어진다. 2009년도는 '시작부터 스스로의 힘으로 끝까지', 2010년도는 '힘들어도 끝까지', 2011년에는 '몰입하는 즐거움', 2012년은 '함께 만드는 남한산'이다. 이러한 의미 부여는 여름계절학교를 더욱 교육적으로 만든다. 2012년 여름계절학교는 특별히 '엉덩이로 도도하게' 참여하는 데에 의미를 두었다.

엉덩이로 합시다!
공부는 순간의 재미만으로 하는 것이 아닙니다. 재미있을 때도 있지만 힘든 것을 이겨 내서 얻어 내는 배움도 많습니다. 한두 번의 재미나 순간적인 즐거움만이 아니라 꾸준히 엉덩이를 붙이고 오래 하는 힘이 생기길 바랍니다. 나무를 자를 때도, 옷감을 짤 때도, 염색을 할 때도, 흙을 빚을 때도, 옷을 만들 때도 엉덩이의 힘이 필요하다고 생각합니다. 일주일 동안 한 가지를 꾸준히 집중해서 정성 들여 배워 봅시다. 누구에게나 힘든 순간, 참기 힘든 순간이 있습니다. 마음으로 이를 이겨 내고 새로운 작품을 탄생시키려면 엉덩이를 오래 붙이는 끈기가 필요합니다. 마지막 날 나온 엉덩이로 만든 작품들을 기대해 봅니다.

도도하게 합시다!
나만 좋은 것, 너만 좋은 것 말고 나도 좋고 너도 좋은 것이 무엇일까를 생각합시다. 학생, 교사, 학부모, 외부강사가 함께 공부하고 있습니다. 나만 생각하지 말고 우리 모두 행복할 수 있는 것을 잘 합시다. 어떻게 하면 함께 배우는 친구들과 배움의 기쁨을 나눌 수 있을까요? 저마다 몰입해서 배우는 시간도 있어야 하지만 함께 협동해서 뭔가를 만드는 시간도 필요합니다.

— 홈페이지에 올린 김영주 교장 선생님의 글 중에서

겨울계절학교

겨울계절학교는 공연예술 중심의 체험 프로그램이다. 아이들은 이 기간 동안 한 장르를 선택하고 익히게 된다. 극마당으로 연극과 마당극, 춤마당으로 재즈댄스와 라틴댄스, 음악마당으로 중창과 노래극과 기악, 관현악이 있다. 아이들은 스스로 선택한 것을 일주일 동안 익히고 겨울계절학교 마지막 날 밤에 남한산 가족이 모두 모인 자리에서 공연을 한다. 그동안 방과 후 활동을 통하여 익혀 온 풍물, 민요, 국악

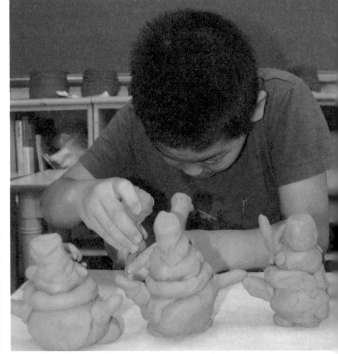

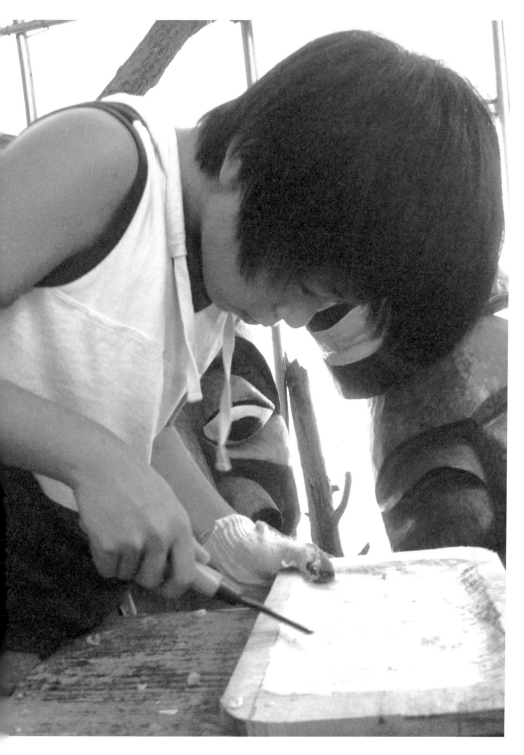

관현악, 그리고 동아리활동을 통하여 익힌 것도 무대에 올린다.

1블록에는 연극놀이를 하다가 2블록 때부터 우리가 이야기를 만들고 본격적으로 연습했다. 그리고 외계다람쥐라는 요상한 배역을 맡았는데 대사가 너무 짧아서 왠지 이상하단 낌새를 눈치챘지만 그래도 열심히 했다.

착한 주인공인 만복이를 맡아서 기분 좋아 방방 뛰었다. 이상하게 대본이 술술 외워졌다. 즐거우니까 이렇게 되나?

예술제 하는 날이다. 하지만 우리는 내일 한다. 밴드부는 정말 최애애애고였다. 고학년 재즈는 오히려 저학년 재즈보다 못했다. 나는 거문고를 치느라 라틴은 보지 못했다.

드디어 우리가 준비한 연극 〈도깨비와 개암〉을 발표할 차례다. 나는 왠지 걱정되었지만 다들 잘했다. 뿌듯했다. 지난 연극을 하면서 힘들다는 생각은 전혀 나지 않았다. 오직 재밌다는 생각밖에 들지 않았다. 나는 연극 체질인가 보다. 열심히 한 노력이 보람으로 고스란히 되돌아왔다. 나에게 칭찬을 해 주고 싶다.

아이들의 계절학교 자료집에 적힌 글이다. 겨울계절학교는 12년 전

지역의 문화축제인 '남한산성 문화제'와 연계하여 예술적 감수성을 기르고, 온몸으로 표현하는 기회를 제공하기 위해 설계되었다. 하지만 여러 해 시행한 결과 지역축제와 유기적인 결합에 한계가 있고 학기 중 아이들의 학습 리듬에 문제가 생긴다는 의견이 있었다. 또 신체 표현 활동을 통해 예술적 감각을 익히기에는 일주일이라는 기간이 짧다는 문제 제기도 있었다.

그래서 2011년부터 시기와 전체적인 틀을 고민하였다. 원래 10월에 열리던 것을 2월로 옮겨 여름계절학교처럼 한 학기를 마치며 남한산초등학교 전체가 함께하는 축제가 될 수 있도록 했다. 이에 따라 명칭을 가을계절학교에서 겨울계절학교로 바꾸었다. 그리고 토요 체험 활동을 통해 운영을 보완하기로 하였다. 여러 차례 논의 끝에 계절학교에 할당된 6일 가운데 3일은 토요일, 그리고 3일은 2월 공연 전에 집중적으로 연습을 해서 무대 공연을 하기로 하였다. 2012년도에는 주 5일제가 시행되면서, 11월 중 세 번의 금요일과 12월 중 연속 3일을 연습하고 마지막 날 무대에서 공연을 하기로 했다.

계절학교는 몸을 움직여 경험적으로 배운다는 학교 철학에 근거하고 있다. 일반적인 수업에서도 체험이 바탕을 이루지만 계절학교는 무엇보다 몸으로 배울 수 있는 기회라고 할 수 있다. 분명 몸짓으로 표현하는 것을 어려워하는 아이들도 있지만 겨울계절학교의 교육적 의미는 무대공연 경험 자체이다. 무대에 서 보는 경험은 자신감을 심

어 준다. 무대에서 공연하는 그 순간 느끼는 즐거움도 있지만 준비하
는 과정을 통해 농익어서 나오는 즐거움도 있다.

계절학교는 전문강사와 학부모 참여로 진행된다. 전문강사는 학교
외부에서 초빙된 분야별 전문강사, 학부모 전문강사로 나누어지며,
강좌별 도움강사로 학부모들이 참여한다. 2011년 여름계절학교의 경
우 외부에서 초빙한 전문강사가 4명, 학부모강사가 7명이다. 여름계절
학교에서 학부모는 단순한 보조자가 아닌 주체로서 적극적으로 참여
한다. 도움교사로 참여하는 학부모들도 모두 50여 명이다.

남한산초등학교 교사가 아닌 외부 인력이 참여하기 때문에 활동계
획 수립 단계부터 평가 단계까지 긴밀하게 서로 협의하여 프로그램을
구성하는 것이 필요하다. 계절학교의 운영 목적이나 진행 방법, 외부
강사에 대한 호칭, 아이들을 대하는 태도 등을 공유하고, 계절학교
기간 중에는 매일 아침에 한차례 모여서 아이들의 활동에 대한 의견
을 나눈다.

도움교사로 참여한 학부모들은 아이들이 활동 후 뒷정리를 할 수
있도록 도와주고 격려한다. 그동안 남한산초등학교에서 학부모와 교
사는 참여 범위, 역할, 교육관 등에서 갈등을 겪기도 했지만, 함께 남
한산초등학교 문화를 만들어 왔다. 특히, 2011년부터 학부모회의 공
식 출범과 함께 학부모들은 더 주도적으로 학교 교육을 공동 기획하
게 되었다.

계절학교는 남한산초등학교 교육의 지향점인 체험학습을 구현하는 하나의 방법으로 시작되었다. 체험활동이 일회적 경험이나 행사에 그치지 않도록 하자는 것에서 출발하였고, 출발 당시부터 지금까지 교육의 한 과정으로 자리매김하려는 노력을 꾸준히 해 왔다. 기존의 교육 장면을 비판하는 것은 쉽지만, 한 가지 새로운 교육 프로그램을 만들고 적용시키는 것은 어려운 일이었다. 계질학교는 처음 시도하는 것이었고, 교과서도 없었고, 다른 학교에서 시행한 경험치도 없었다. 그리고 교사들과 참여하는 학부모들의 역할 구분이 애매했고, 갈등도 있었다. 여전히 예술교육활동의 결과를 공연으로 연결시키고자 하는 생각과 무대공연이 갖추어야 하는 완결성 사이에서 풀지 못한 난제를 가지고 있다. 삶과 교육을 일치시키려는 이러한 생각은 처음 계절학교를 시작한 12년 전부터 시작된 고민이나, 여전히 진행 중이다. 그래서 현재 남한산초등학교의 계절학교는 아직도 완성되지 않은 채 진화 중이다.

심유미

남한산의 운동장에는

어릴 적 학교수업을 마치고 나면 운동장에서 날이 어두워지도록 놀았던 기억이 생생하다. 고무줄놀이, 사방치기, 오자미던지기, 구슬치기, 딱지치기 등 놀이도 다양했다. 그런데 요즘은 방과 후 학교 운동장에서 아이들이 노는 모습을 보기 힘들다. 학원에 가거나 학교에서 운영하는 방과 후 프로그램에 참여해야 해서 아이들도 바쁘다. 이러저러한 이유로 아이들은 운동장에서 놀 시간이 없다. 시간이 있다 할지라도 같이 놀 친구가 운동장엔 없다.

몇 해 전부터 방과 후 프로그램 제도를 마련하여 학교 밖 사교육 수요를 학교 안으로 흡수시켜 사교육비를 줄이고 학교 교육의 기능을 보완하려는 국가적 요구가 있었다. 이에 따라 대부분의 학교는 교육

수요자인 학부모와 학생들의 다양한 요구를 수용해 많은 강좌를 개설하고 운영하고 있다.

그러나 남한산초등학교 방과 후 교육은 수요자 중심도 아니며 다양한 강좌도 없다. 수요자의 요구가 아니라 학교 교육철학을 바탕에 두고 방과 후 교육 과정이 구성된다. 아이들은 운동장에서 맘껏 뛰어놀고 교실과 뒷산, 도서관에서 자유롭게 자라야 한다. 아이들은 자기만의 시간이 필요하고 쉼이 있어야 한다. 이런 생각을 바탕으로 교사, 학부모가 논의한 후 방과 후 프로그램을 구성하였다.

남한산초등학교 방과 후 교육은 10년 전이나 지금이나 강좌의 큰 틀에 변함이 없다. 우리 전통문화 계승을 통한 지적, 신체적, 정서적 발달을 고려한 국악(장구, 관현악, 풍물)과 우리 문화를 알리고 다른 나라를 이해하기 위한 영어교육, 지리적 여건을 활용한 생태교육, 토요축구가 방과 후 프로그램이다. 학교에서 강좌를 개설하고, 아이들은 개설된 강좌를 보고 선택하여 참여할 수 있다. 그래서 방과 후 활동 참여도를 살펴보면 저학년의 경우 참여율이 높으나 고학년이 되면서 개인활동시간 확보 등의 이유로 방과 후 프로그램을 선택하지 않는 학생 수가 늘어난다.

남한산초등학교 방과 후 교육의 가장 큰 특징인 국악 관현악 프로그램을 살펴보면, 1, 2학년 때 장구와 국악동요를 통해 우리 가락을 접하고, 3학년 때부터 국악기(대금, 소금, 해금, 가야금, 거문고, 피리 등)

와 풍물 중 한 가지를 선택하여 졸업 때까지 4년 동안 국악 전문강사에게 배운다.

영어는 아동의 발달과정을 고려하여 2학년 때부터 실시하며 분반을 하여 한국인 강사와 원어민 강사에게 한 학기씩 번갈아 가며 배우고 있다. 방과 후 활동에 영어가 도입된 이유는 의외로 단순하다. 5, 6년 전부터 국가정책에 따라 영어 원어민 교사가 각급 초등학교마다 배치되었는데, 원어민 교사에게 주당 20시간 이상의 수업 시수가 확보되어야 했다. 그런데 남한산초등학교는 학년당 한 학급밖에 없기 때문에 수업 시수가 부족했다. 이러한 문제에 대해 교육청과 협의한 끝에 방과 후 교육 활동에 영어강좌를 개설하여 수업 시수를 확보하게 된 것이다. 방과 후 활동에 영어교육이 도입된 이유는 의외로 단순했지만 학교 방과 후 시간에 영어교육이 이루어지니 영어 사교육에 대한 학부모들의 불안이 줄어들게 되었다.

생태교육은 오후수업 부담이 적은 1학년부터 3학년을 대상으로 이루어지며 주변 자연환경을 활용하여 자연친화, 보호 교육을 해 왔다. 그러나 2012학년도부터 실시된 주 5일제 수업에 따라 저학년의 5교시 수업 부담이 주당 1회에서 3회로 늘어났다. 2학년의 경우 장구와 영어, 생태교육까지 실시할 경우 아이들의 육체적 피로와 심리적 부담이 커질 것이 우려되었다. 이 모든 것이 교사회의를 통해 논의되었고, 생태교육은 방과 후 프로그램에서 제외하기로 의견을 모았다. 생

태교육은 방과 후 대신 모든 학년의 정규 교육과정 내에서 적절히 흡수하기로 했다.

토요축구는 주 5일제 수업 실시 전에도 토요일 오후 시간에 운영되었던 프로그램인데 주 5일제 수업이 실시된 후에는 오전 시간에 운영된다. 대상은 4학년부터 6학년 학생들이다. 주 5일제 운영과 함께 더 많은 프로그램을 개설해야 하는 것은 아닌지 논의를 하였으나 주중에는 배움을 갖고 주말에는 충분한 쉼이 필요하다는 학교 철학에 맞게 더 이상의 프로그램을 개설하지 않기로 했다. 주말에도 돌봄이 필요한 아이들을 위해서는 주말돌봄교실이 운영된다.

남한산초등학교의 방과 후 교육 또한 배움과 나눔으로 삶을 가꾸자는 학교 철학에 바탕을 둔다. 저마다 국악기 연주를 배우는 것에서 한 발 더 나아가 2학기 말이 되면 모든 학년이 모여 관현악단을 조직한다. 개인별 악기를 익히다가 모든 악기가 모여, 자신이 내는 악기 소리와 다른 사람의 악기 소리를 들으며 함께 어울림을 만들어 간다. 1, 2학년은 관현악단의 연주에 맞춰 국악동요를 부른다. 2학기 말 전교생이 모이는 발표회에서 형, 누나들의 연주 소리에 동생들이 국악동요를 부르는 장면은 감동 이상이다.

이외에도 관현악과 풍물은 계절학교 무대 프로그램으로 올려져 학부모와 함께 나눔의 시간을 갖는다. 또 희망하는 아이들에 의해 소규모의 관현악단이 구성되어 방학을 이용하여 독거노인, 노인정 등을 방문해 연주를 들려 드리기도 한다.

2월 17일에 '인보의 집'이란 곳에 다녀왔다. 인보의 집이란 할머니들이 계시는 곳인데 평균 나이가 90세인 곳이다. 왜 다녀왔냐면 편찮으신 할머니들께 우리가 연주를 해 드리러 갔다. 해금반은 전체 다 갔고 대금반도 모두 다 갔다. 소금반 3명과 거문고와 가야금 둘 다 1명, 또 피리도 1명 있었다. 그리고 1, 2학년이 노래를 불렀다. 1층과 2층이 있었는데 할머니들은 2층에서 우릴 기다리고 계셨다.

내가 겨울 동안 3번의 공연을 했는데 1번은 출판기념회에 갔고, 또 한 번은 계절학교, 또 한 번이 이번이다. 그 3번의 공연 중 지금이 가장 무대도 좁고 초라했지만 제일 기분 좋고 보람 있는 공연이었다. 그리고 선물로 덧신도 드리고 비올라를 잘하는 졸업생 선호 형도 갔다.

1번쯤 실수도 했지만 열심히 공연하니 기분이 좋았다.

— 3학년 이정솔빈

방학에는 기존의 방과 후 프로그램은 휴식을 갖고 방학 일주일 프로그램이 운영된다. 여름방학 일주일 동안 전 학년을 대상으로 한 연극놀이, 4학년부터 6학년을 대상으로 한 영어 프로그램이 운영된다. 겨울방학 일주일은 영어와 국악기 프로그램이 운영되는데, 이때가 2학년이 미리 악기를 접하고 소리를 들을 수 있는 기회이다. 고학년은 자신의 악기 소리를 동생들에게 들려주고 악기를 추천해 주기도 한다. 3학년 때 국악기를 선택하는 데 도움을 주기 위함이다.

방과 후 교육이 학교에 도입되면서 정규 교육과정 시수를 조정하지 않았기에 학생들의 부담이 늘어나는 결과를 가져오기도 했다. 정규 수업이 끝난 후 저학년 아이들은 쉴 시간이 필요하고 고학년은 수업 시간에 배운 것을 서로 나누거나 함께 모여 논의할 시간도 필요하다. 그러나 현재까지는 정규수업을 마친 후 방과 후 교육으로 곧바로 이어져 수업 갈무리를 못한 채 바삐 방과 후 활동으로 넘어가는 느낌이 있다. 따라서 수업과 방과 후 활동 사이에 시간을 주어 아이들의 생활리듬이 자연스럽게 이어질 수 있도록 방안을 함께 찾아보자는 것이 현재 논의 중이다.

아이들은 구르는 공을 보면 강아지처럼 좋아한다. 남한산초등학교 운동장 풍경 중 재미있는 장면이 있다. 중간놀이나 점심시간이면 공이 적어도 너덧 개가 굴러다닌다는 것이다. 그동안 내가 보아 온 장면은 대부분 고학년이 운동장을 차지하고 축구를 하는 것이었는데, 남한산초등학교 운동장에서는 유치원부터 6학년까지 여러 개의 공이 한꺼번에 구르는 광경이 종종 보인다. 축구하는 여자아이들도 제법 보인다. 어른이 보기엔 네 공 내 공 구분하기 어렵지 않을까, 싸움이 생기지는 않을까, 다치지는 않을까 걱정이 되기도 하겠지만 아이들은 별문제 없이 잘도 자기 팀 공을 찾아 뛴다. 문제를 문제로 본다면 문제는 언제나 어디에나 있게 마련이다. 늘 문제가 생기지만 지혜를 모아 함께 해결해 나가는 아이들이 있다.

　방과 후 활동이 끝나면 운동장과 뒷산 놀이터가 다시 시끄럽다. 날이 어둑어둑해질 때까지 아이들은 뛰어논다. 이제 그만 가자고 손을 잡아끄는 엄마에게 하나도 못 놀았다며 더 놀고 싶다고 운다. 아이들이 돌아간 운동장엔 축구공 하나가 내일을 기다리고 있다.

　　　　　　　　박미경

먼저 손 내미는 아이로

　얼마 전, 친구의 이사한 집을 방문했던 기억이 난다. 먼저 방문하
는 집 동, 호수를 아파트 관리인 아저씨께 말씀드리고 방문증을 받았
다. 주차장에 차를 세우고 아파트 출입구에 섰는데 두 번째 관문이
남았다. 우선, 찾아갈 집의 호수를 누른 다음, #을 누르고…… 이쯤
에서 친구에게 전화를 걸어 문 좀 열어 달라고 했다. 그렇게 올라간
15층에는 지금까지의 까다롭던 절차와는 어울리지 않게 아주 가까
운 거리에서 마주 보고 있는 두 개의 현관문이 눈에 들어왔다. 순간
엉뚱하게도 마주한 현관문의 거리만큼 저 두 집은 가까이 지내고 있
을까, 하는 생각이 들었다. 어쩌면 간혹 엘리베이터에서 만나 어색한
눈빛만 주고받는 사이일지도 모른다. 이런 생각 중에 남한산에 살며

아름답게 기억되는 몇 장면들이 떠올랐다.

　사계절 제 멋을 뽐내는 풍경이 그중 하나지만 어린 동생을 살갑게 챙기는 선배들의 따뜻한 돌봄을 먼저 꼽고 싶다. 놀이터에서, 학교 운동장에서, 숲에서 따뜻하게 품었던 그 온기가 남한산초등학교의 모습으로 오래도록 기억되길 바라지만, 참 힘든 꿈인 듯싶다. 더 이상 작아서 아름답다고 말하기 어려운 학교기 되어 버렸기 때문이다. 얼마 전까지 학교 홍보물이나 출입구에서 볼 수 있었던 '참삶을 가꾸는 작고 아름다운 학교'라는 문구를 이제는 쓰지 않는다. 요즘은 '배움과 나눔으로 삶을 가꾸는 학교'가 대신한다. 남한산초등학교는 더 이상 작은 학교라고 부를 수 없을 것이다. 작기 때문에 누릴 수 있었던 자연스러운 혜택들을 이제는 구성원의 노력으로 채워 넣어야 한다. 졸업 즈음에도 기억하지 못하는 후배들이 하나둘 생기게 되고, 남을 돌볼 수 있는 여유도 조금씩 줄어들게 된다. 이런 안타까운 상황에서 비롯된 어른들의 궁여지책으로, 남한산초등학교에서는 '돌봄짝'을 운영하고 있다. 마음을 나누는 일이 자연스럽게 이루어지기 어려운 공간이 되었다면 그러한 공간이 되도록 조금의 장치를 해 주자는 소박한 취지였다. 그러다 보면 마음도 생기겠지.

돌봄짝 맺기

 '돌봄짝'은 최고 학년인 하늘마을(6학년) 형들과 이제 갓 입학한 꽃마을(1학년) 동생을 짝짓는 방법으로, 강마을(5학년)은 산마을(3학년)과 들마을(4학년)은 나무마을(2학년)과 짝이 된다. 짝을 정하는 데 큰 고민은 없다. 번호 순서대로 정하거나 특별한 돌봄이 필요하다고 생각되는 경우 지원을 받는다. 선배들이 나서서 동생들을 보살피고, 함께 하면 좋을 여러 활동을 제안한다.

 특별히 시간을 내거나 새로운 활동을 만들지 않고 기존에 하던 것을 돌봄짝과 함께 하도록 했다. 올해도 돌봄짝과 함께 감자를 심으러 갔고 잡초도 뽑았다. 작년엔 키운 감자를 삶아 함께 나누어 먹었다. 처음 함께 가는 산책길에 어색했던 손길도 차츰 익숙해져서 동생을 업어 주기도 하고 중간놀이시간에 찾아와 작은 선물을 전하기도 한다. 가끔 점심도 같이 먹는다. 돌봄짝끼리 학교 이곳저곳에서 식판을 마주하고 이야기를 나누는 모습이 눈에 띄기도 한다.

 오늘 돌봄짝과 산책을 했다. 나의 돌봄짝은 김태헌이다. 처음엔 이다은이라는 여자아이였다. 그런데 그 아이가 김지현이랑 짝하고 싶다고 해서 김세희랑 짝을 바꿨다. 그래서 김태헌이라는 남자아이로 짝이 되었다. 잠시 후 산에 올라갔다. 가면서 이런저런 이야기도 하고 장난도 치고 하면

서 산책을 했다. 이야기를 해서 태헌이가 축구를 좋아한다는 것을 알았
다. 이야기를 하다 보니 학교에 도착해서 교실까지 데려다 주고 내 이름을
알려 주고 교실로 돌아왔다.

— 6학년 신종빈

보살핌을 받아 본 아이가 다른 사람에게도 나누어 줄 수 있다. 돌
봄짝은 정교하게 계획된 프로그램은 아니지만 선후배가 자연스럽게
만날 수 있는 장을 이렇게 조금씩 만들어 나가는 일이 뿌듯하다. 함
께하는 일은 결코 마음만으로 가능하지 않다. 자주 만나고 얼굴을

맞대다 보면 함께하고 싶고 나누고 싶은 마음이 자연스럽게 생기지 않을까 한다. 학교생활을 하면서 기댈 수 있는 선배가 있고 보살필 동생이 있다는 것은 학교가 서로를 돌보고 마음을 나누는 공간으로 바뀔 수 있다는 가능성의 시작이 될 수 있지 싶다.

빠르지 않지만 아주 천천히 서로를 알아 가는 모습이 아름답기만 하다.

작은 손이 모여

남한산초등학교에서 새로운 교육과정을 이야기하며 가장 많이 나왔던 단어 중 하나가 '나눔'이다. 오랜 시간 아이들의 배움에 대해 고민해 왔던 남한산초등학교가 놓쳤던 것 중 하나가 '나눔'이기도 하다. 그렇게 거창하지 않아도 학교라는 공간에서 보여 줄 수 있는 아이들의 작지만, 따뜻한 나눔의 장면들이 있다. 그네 타기를 양보하는 친구, 자기 색연필을 함께 쓰자며 내미는 짝꿍, 뒷산 뽕나무에서 힘들게 따 온 오디를 건네는 예쁜 손, 잃어버린 친구의 신발을 함께 찾아 주는 친구들, 학교를 찾은 주인 없는 개에게 보이는 관심……. 나누는 일은 함께하는 일이다. 내가 가진 것을 나누어서 나에겐 남은 것이 아무것도 없는 상태가 아니라 그것을 나누어서 둘이 가지게 되는 '함

께하기'. 그래서 한 개인이 우리 모두에게 의미 있는 한 사람으로 온
전히 설 수 있게 하는 것이 나누는 일이다.

　작년 온작품 읽기 수업시간의 한 장면이 기억에 남는다. 『넌 네가 얼마나 행복한 아이인지 아니?』(조정연 지음, 국민출판사 펴냄)를 읽고 아이들이 제안한 일이 실제로 추진된 적이 있다. 아이들은 '사랑의 동전 모으기'와 '착한 초콜릿 판매'를 통해 어려운 친구들을 돕자는 것으로 이야기를 모았고 일사불란하게 행동하는 모습을 보였다. 다음 날 아침 각 반으로 커다란 분홍 돼지가 배달되었고 게시판에는 행사 안내가 붙었다. 그렇게 한 달 가까운 시간 동안 동전을 모으고 착한 초콜릿을 판매한 수익금은 월드비전에 기부하며 끝을 맺었다. 배우고 나누는 과정에서 아이들은 자신들이 많은 것을 누리고 살았다는 것, 그래서 이제는 함께 나눌 수 있음을 알았다고 한다.

그전부터 아프리카나 방글라데시 같은 나라들에서 많은 사람들이 아파하고 배가 고프다는 걸 알긴 알아서 월드비전에서 방글라데시에 있는 아이를 도와주긴 했지만 나는 그렇게 많은 사람들이 아파하고 굶고 죽는지 잘은 모르고 있었다. 하지만 나는 이제 그 아이들이 내가 그냥 먹다 버리던 그 음식조차 없어서 죽는다는 걸 느낄 수 있었다. 그리고 내가 달고 맛있어서 많이 사 먹던 그 초콜릿에도 쓰디쓴 사연이 있다는 것도 알 수 있었다. 모든 내용들이 다~ 슬프고 안타까웠다.

그중 내 마음속에 가장 찔리고 기억에 남는 내용은 '초콜릿의 쓰디쓴 비밀'이었다. 왜냐하면 내가 초콜릿을 엄청 좋아하는데, 알고 보니 초콜릿을 만들려면 카카오 열매가 필요한데, 그 카카오 열매를 따려면 일꾼들이 많이 필요하다고 한다. 그래서 아프리카 같은 못사는 나라에서 배고픔에 시달리던 아이들이 중개인의 돈을 벌 수 있다는 속임수에 끌려와 열심히 14시간~20시간을 일해 딴 카카오 열매가 초콜릿으로 만들어진다. 그 초콜릿을 우리가 먹고 있는 것이다. 이렇게 슬픈 사연들을 알았는데 더 이상 어떻게 그 초콜릿을 먹겠는가.

그래서 나는 이제 음식들을 남기지 않고, 그 아이들을 위해 기도하고 또 나는 초콜릿을 줄일 것이다. 우리 엄마는 아예 초콜릿을 끊었다. 그런데 우리 아빠는 초콜릿을 너무 좋아해서 못 끊을 거 같다.

— 6학년 유리행

이처럼 나누는 일이 멀리 있지도 어렵지도 않음을 알게 하고 자연스럽게 아이들이 나눔을 알게 하기 위해서 남한산 교육과정에 대한 고민은 여전히 진행 중이다. 올해도 11월이 되면 5, 6학년 친구들은 아기들의 모자를 뜰 것이다. 서툴지만 정성 어린 마음을 담아 사랑의 모자 뜨기 캠페인에 참여하는 것이다. 함께하고 나눌 수 있는 활동을 자연스럽게 교육과정에 담아내고, 그러한 실천을 오래 지속 가능하게 한다면 아이들에게도 자신과 더불어 자신이 머물고 있는 공간을 성장시키는 힘이 생기리라 믿는다. 그렇게만 된다면 아이들의 삶이 지금 우리들의 모습보다 조금은 더 아름답지 않을까 기대해 본다.

　　　　　　　　　박미경

다 같이, 스스로

모두 모여 '다모임'

　남한산초등학교엔 보통 학교의 어린이회의를 대신하는 '다모임'이라는 제도가 있다. 처음 다모임이라는 말을 들었을 때 茶모임인 줄 알고 교실에서 차를 마시며 가지는 명상의 시간 정도로 생각했던 적이 있다. 지금 생각하면 어이없지만 그 당시 내 짧은 교육 경험으론 1학년부터 6학년까지 전교생이 한자리에 모두 모인다는 상상을 하는 것이 더 어려웠지 싶다.

　그동안 주마다 학급 다모임과 전체 다모임이 이루어졌으며 2012년부터는 격주로 전체 다모임을 진행하고 있다. 전교생이 직접 선거로 뽑은 어린이회장이 주축이 되어 회의를 진행하며 6학년 부서장들이 나와서 자신의 부서 활동에 대해 이야기를 하고 의견을 듣는다. 서로 나누고 함께하는 이야기의 내용은 매우 다양하다.

행사부에서 야구대회나 장기자랑을 기획하면 대진표, 오디션, 실제 진행, 마무리까지 모두 아이들이 알아서 진행하는데, 이 모든 상황이 다모임을 통해 세세하게 이야기된다. 이 외에 놀이터의 고장 난 놀이기구를 고쳐 주세요, 화장실에 소독기를 설치했으면 좋겠어요, 운동장에 잔디를 깔아 주세요, 농구공을 운동장에 두고 갔는데 없어졌어요 찾아 주세요 등 학교에서 일어나는 작은 일들까지 모두가 이야기되는데, 학교 시설을 보수해야 하는 일은 교장 선생님이 직접 체크한 후 진행 상황을 다모임을 통해 전한다. 아이들 사이에서 벌어진 문제도 자유롭게 나누고, 간혹 선후배 사이에 껄끄러운 일들을 서로 이야기하고 사과를 받기도 한다. 크고 작은 행동이 여과 없이 드러나는 곳이 다모임이기도 하다 보니, 매번 이야기의 중심에 서게 되는 아이들에게는 이 장소가 불편할 수밖에 없다. 다모임은 그렇게 서로를 의식하며 자신의 행동을 돌아보고 조심하게 만드는 장치가 되기도 한다.

남한산초등학교에 학생이 점차 늘어나면서 다모임에도 조금씩 변화가 있었다. 1학년은 전체 다모임에서 제외하고 학급 다모임에만 참여하며 어린이회장선거, 숲속학교 같은 특별한 일이 있을 때만 전체 다모임에 참여하도록 했다. 이야기가 깊어지지는 못하고 확산되기만 하는 듯해 학급 다모임에서 이야기된 것을 중심으로 함께하기로 한 것이다. 얼마 전, 운동장 사용과 관련하여 학급 다모임에서 의견을 모아 전체 다모임에 가지고 와 두 차례에 걸쳐 논의한 적이 있다. 논의 과정이 서툴긴 했지만, 한 가지 의제를 중심으로 진행되어 흐트러짐이 덜하고 집중도도 높았다. 논의 결과, 운동장을 지나치게 차지하는 축구 같은 공놀이는 일주일에 두 번(매주 목요일과 금요일)만 하기로 하고, 좀 더 다양한 놀이를 고민해 보는 것으로 결론이 났다. 자신들이 이야기하고 그 과정에서 결정된 것이라 반발 없이 잘 지켜지고 있다.

세월이 흐르듯 자연스럽게 다모임도 그 색을 달리하고 있지만, 여전히 다모임은 남한산초등학교 학생 자치의 큰 축이다. 아이들 스스로 문제를 해결하는 과정이며 자유로운 이야기가 오가는 소중한 장인 것이다. 남한산초등학교 아이들 모두에게 자치가 갖는 의미는 남다르겠지만 그 중심은 6학년에게 있다고 여겨진다. 전체 다모임을 꾸려 가야 하며 학교의 크고 작은 행사를 계획하고 운영해야 하기 때문이다. 6학년은 자신들의 일을 스스로 계획하고 실천하고 그것에 책임을 지는 일을 가장 중요한 가치로 삼으며 1년을 보낸다고 볼 수 있다. 그래서 버겁지만 좀 더 크게 성장할 수 있는 한 해이기도 하다.

자치부서 활동

새 학기 3월이 되면 6학년이 가장 먼저 하는 일은 자치부서를 조직하는 것이다. 한 해 살이를 꾸리는 첫 단추를 끼우는 일이니만큼 아이들도 교사도 진지하다. 자치부서는 행사부, 문화부, 봉사부, 도서부, 생활부, 방송부 6개의 부서로 조직되는데, 이것은 회의를 통해 자유롭게 변경 가능하다. 자신이 원하는 부서에서 활동할 수 있고 부서원 모집부터 활동 내용까지 모두 아이들에 의해 이루어진다. 이 과정에 교사가 특별히 개입하지는 않는다. 후배의 위치에서 선배들이 하는 것을 지켜봤던 경험 속에서 스스로 꾸려 나갈 힘이 충분히 길러졌다 생각하는 것이다.

우습게도 교사의 가장 큰 역할은 예산 지원이다. 여러 행사를 진행하는 데 필요한 예산은 자치통장으로 해결한다. 해마다 하는 바자회에서 마련된 수익금을 자치통장에 넣어 두고 필요할 때마다 사용하고 있다. 학교 회계 안에서 자유롭게 예산을 쓰지 못하는 문제를 간단하게 해결한 경우다. 각 부서 운영에 필요한 물품을 구입하고 영수증을 가지고 와서 청구하면 교사는 그 금액만큼 지원한다.

물론 모든 부서가 원활하게 운영되는 것은 아니다. 회원 모집부터 삐걱거리는 부서도 있다. 구성원 간에 합의가 쉽게 이루어지지 않아 부서 모집에만 한 달여 시간을 할애하는 경우도 있다. 하지만 그런 경우에도 교사의 섣부른 개입은 문제 해결에 도움이 되지 않는다. 비록 돌아가는 길이어도 스스로 찾고 보완해 가는 과정 그 자체로 값진 경험이라 생각된다.

6학년 아이들은 다모임에서 부서 활동 상황을 보고하고 반성하는 시간을 부담스러워한다. 주체적으로 진행했던 행사에 대한 직접적인 평가가 이루어지기 때문이다. 지난해에 한 학기를 마치며 가진 마지막 다모임에서 행사부는 다양한 행사를 진행했고 참여했던 부원 모두가 적극적이었고 즐거웠다고 평가했다. 반면 방송부는 자신들의 부족한 점을 솔직하게 고백하며 다음 방송부에게 부탁의 말을 전했다. 다른 부서들도 크게 다르지 않았다. 서로의 부족한 부분에 대해서는 2학기에 보완할 방법을 제시했고 힘들었지만 나름대로 의미 있는 시간이었음을 공감했다.

　도서부는 벌써 행사 하나를 진행하고 지난 다모임을 통해 결과 발표와 함께 선물을 나누어 주었다. 문화부와 행사부는 다모임 때 깜찍한 율동과 함께 노래 한 곡을 신 나게 불러 주어 다음을 기대하게 했다. 다른 부서들도 1학기 포부와 대강의 계획을 전체 아이들 앞에서 발표했다. 두 번째 방송을 끝마친 방송부는 일주일에 한 번 방송을 준비하는 일이 만만치 않음을 깨닫고 있는 중이다. 일주일에 두 번씩 방송을 해도 되냐고 했던 처음의 자신감은 사라지고 어제는 격주로 음악만 트는 방송을 해도 되냐고 묻는다. 그것 역시 너희들이 결정할 일이라고 했다.

　　　　　　　　　　　　　　　— 2011. 3. 24. 박미경의 교육일기 중에서

새로운 다모임

남한산초등학교는 매년 학생 수가 증가하고 있다. 10여 년 전 90여 명으로 시작한 남한산의 학생 수가 이제는 두 배 가까이 된다. 삼삼 오오 모여 소박한 이야기를 주고받는 것만으로도 아름답다고 말할 수 있는 시기는 아닌 것이다. 좁은 공간에 다수의 아이들이 밀집되면서 들러리로 전락하는 아이들도 함께 늘어난다. 나라도 움직여야 했던 작은 집단에서 내가 굳이 적극적으로 참여하지 않아도 일이 진행되는 공간이 되어 버렸다. 시간이 흐를수록 참여하는 학생은 소수가 되어 버린다. 나머지는 구경꾼이다. 다수가 구경꾼으로 전락하는 순간 다모임은 건강한 만남이 되기 힘들다. 하지만 아이들의 자치 영역에 학교가 개입하기 시작하면 자칫 자발성이 훼손될 수 있다. 구성원이 증가하고 공동체 규모가 크다면 좀 더 영리하게 움직일 필요가 있다. 아직 그려지는 뚜렷한 그림은 없다. 하지만 학교가 성장하며 다모임의 틀도 조금씩 새롭게 변화하고 있고 학교가 바라보는 아이들의 자치에 대한 생각도 모아지고 있다. 더 많은 영역에서 좀 더 다양하게 아이들 자치의 힘이 발휘될 수 있는 길을 계속 모색하고 고민하는 중이다.

김영주

배우고 나누며

어떤 눈으로 보는가

망치를 든 사람에겐 못만 보이고, 자비로운 사람에게는 자비로운 일만 보이는 것이 인지상정이다. 학부모 활동은 어떤 눈으로 보는가에 따라서 다르게 보일 수 있다. 학교 교육 이야기도 교사가 보느냐, 학부모가 보느냐, 학생이 보느냐에 따라 다르고, 같은 교사라도 보는 관점에 따라 다를 수밖에 없다. 남한산초등학교 교육의 목적인 '배움과 나눔으로 삶을 가꾸는 학부모'의 눈으로 학부모 활동을 보고 이야기하고자 한다.

남한산초등학교에는 학부모회가 있고 반마다 반 학부모회가 있다. 보통 학교에서 학부모가 학교 교육에 대한 의견을 가지고 있어도 어디에 이야기를 해야 할지 모를 때가 많다. 담임에게 해야 하는 것, 반 학부모회에 해야 하는 것, 전체 학부모 대표단에 해야 하는 것, 교장에게 해야 하는 것 등이 있을 터인데 인식과 절차에 대한 경험이 없다 보니 문제가 생겼을 때 바로 담임에게 항의하거나, 교장에게 가거나, 교육청에 말하게 된다. 평소 생활하면서 학교 정보나 아이에 관한 이야기 등을 반 학부모회에서 할 수 있는 구조가 필요하다. 그래서 남한산초등학교에서는 '반 다모임'(반 학부모회)이 보통 달마다 한 번씩 저녁에 열린다. 대부분은 여기서 소통이 이루어진다. 여기서 합의된 것은 전체 다모임으로 올라가고, 그다음으로 학부모총회나 운영위원회를 통해서 제도화된다. 학부모회를 통해 학부모 스스로 자치력을 향상시키고, 더 나아가 학교 교육공동체를 위해 할 일들을 해 나간다고 볼 수 있다.

교사는 교사회를 통해서, 학생은 학생회를 통해서, 학부모는 학부모회를 통해서 자치력을 향상시킨다. 누구든 이 틀 안에서 자유롭게 동아리활동도 조직하고, 학교 일에 참여하거나 의견을 낼 수 있다. 교육공동체가 건강하려면 교사가, 학부모가, 학생이 저마다의 자치 영역에서 적극적으로 제 역할을 해 주어야 하며, 세 자치회의 목적을 공유하는 활동이 있어야 한다.

학부모의 다짐

남한산 학부모는 가정에서

성적보다는 자녀의 인성과 소질, 소망을 더 존중한다. 자신의 삶을 스스로 책임지고 가꾸는 사람으로 성장하도록 돕는다. 더불어 사는 지혜와 사랑을 부모의 삶을 통해 배우도록 한다.

남한산 학부모는 학교에서

내 아이만이 아닌, 모든 아이들을 위한 평등, 평화 교육을 지향한다. 좋은 학교, 즐거운 교실을 만들어 주기 위해 학교운영위원회와 학부모회에 관심을 갖고 적극 참여한다. 학교 발전과 교사의 교육활동을 돕는 학부모 자치활동에 앞장선다.

남한산 학부모는 사회에서

학력과 학벌보다는 사람됨과 능력으로 평가하는 사회를 위해 노력한다. 성과 지역, 직업에 대한 편견과 차별이 없는 사회를 위해 힘쓴다. 배움과 나눔을 실천하는 사회봉사활동에 적극 참여한다.

하는 일

남한산초등학교 학부모들은 자신과 학생과 학교공동체를 생각하고 있으며 배우고 나누는 삶을 지향하고 있다. 이런 생각을 바탕으로 여러 가지 활동들이 지속적으로 이루어지고 있는데, 학부모 대표단 연수, 신입생 학부모 오리엔테이션, 학부모회 소식지 발간, 학교 달력 제작, 동아리활동, 학교 행사 참여, 교사와 학부모 공동 연수, 아빠랑 활동 등이다.

또한 학교 홈페이지엔 학부모 활동들이 자연스럽게 느러난다. 모임 공지, 활동 내용, 잃어버린 물건 찾아 주기, 불 끄기 행사 참여 권장, 동아리 카페 활동 등 정말 다양한 이야기들이 올라온다. '학부모 사랑방'에 학부모들이 가장 많이 들어오는데 2011년 3월 1일부터 2012년 2월 28일까지 1년 통계를 내 보니 266개의 글이 올라왔고 평균 조회 수도 보통 100회가 넘었다. 우리 학교 학생이 170명 정도인데 대부분 학부모들이 학교 홈페이지를 이용하고 있음을 알 수 있다. 반마다 학급 홈페이지를 열었는데, 학급의 학부모들은 여기서 더 구체적으로 소통하고 있다.

눈여겨볼 일들

여러 가지 학부모 활동들 가운데 학부모 스스로 하는 활동이면서 학생과 학교에 영향을 미치는 것들을 중심으로 그 의미를 매겨 보고자 한다. 한 사람이나 한 동아리에서 시작된 배움이 다른 사람과의 나눔으로 이어진 활동들이라고 할 수 있다. 겉으로 드러난 것뿐 아니라 숨겨진 이야기들, 뒤에서 도움을 주는 이야기들을 찾아서 의미를 부여할 때 교육공동체가 살아날 수 있다.

- 1학년 꽃마을 오리엔테이션 준비

해마다 2월 셋째 주 토요일에는 새로 입학하는 1학년 학부모 연수가 있다. 하루 종일 이루어지는데 학교 소개와 교육과정 설명, 인사 나누기와 우리가 바라는 학교상 논의, 학부모 활동 안내 등을 한다. 개별적인 부모에서 남한산초등학교 학부모로서 교육공동체 이야기를 시작하게 되는 자리이다. 전통적으로 점심은 2학년 학부모들이 떡국을 끓여서 대접한다.

3월이면 저희 남한산에 새로운 가족이 생깁니다. 풋풋한 새내기 학부모님이 오시는 거죠. 랄라라라 환영환영환영~ 두 손 번쩍 들어 진심으로 환영합니다. 근데 소문을 듣자 하니 무늬만 신입생인 가족도 많이 있다고 하네요. ㅎㅎㅎ

이번 주 토요일 10시 체험학습관에서는 신입생 학부모를 위한 남한산 길라잡이 학부모 오리엔테이션이 있습니다.

저희 학부모회에서는 전통으로 이어 가고 있는 꽃마을 학부모님들의 떡국을 점심으로 준비하구요. 3시 이후부터 약 1시간 정도 학부모회에서 주관하는 프로그램을 진행합니다. 참여 가능한 학부모님들의 참여 부탁드립니다.

각 동아리에서는 동아리 소개를 위해 2시 50분까지 체험학습관으로 꼭 나와 주시기 바랍니다.

• 비폭력대화 연습 모임

우리 학교 학부모들은 공부를 많이 한다. 인문학 아카데미 강좌가 있고, 해마다 필요에 따라 새로운 강좌가 만들어진다. 아카데미는 한 번으로 끝나는 단점이 있어서 몇 차례에 걸쳐 쭉 이어지는 연수도 생겨났다. 학생의 거친 말과 행동은 기본적으로 가정의 부모와 관련이 있다는 인식 아래 받게 된 비폭력대화 연수가 그것이다. 연수를 몇 차례 받았지만 실천으로 잘 이어지지 않는다는 고민은 정말 맞는 말이다. 그래서 끊임없이 공부하고 실천하고 반성하는 것이 아닐까 싶다.

비폭력대화 강좌를 여름방학 동안 수강하셨던 분들의 대부분이 강좌를 듣고 나서도 쉽게 바뀌지 않는 자칼 언어의 습관을 느끼셨을 거라 생각합니다. 계속되는 꾸준한 연습과 자기 자신을 들여다보는 시간만이 우리들을 변화시킬 힘이 되어 줄 것이라고 믿습니다.

강좌 후 계속되어 왔던 연습 모임이 '느낌' 부분의 연습으로 들어갔습니다. 내 자신과 남의 느낌과 욕구를 살피는 소중한 시간에 동참하실 분을 찾습니다. NVC 1과정을 마치신 분 중 관심이 있으신 분은 누구라도 환영합니다.

비폭력대화 연습 모임이 월요일 오전 10시 30분으로 옮겨졌습니다. 장소는 솔바람 책방입니다.

• 아빠들의 모임, '아빠랑'

아빠들 모임에서는 참으로 많은 일들을 한다. 학년별 '아빠랑'이 따로 있어서 학생들과 여행을 가거나 마을 지도를 그리거나 학교에서 하룻밤을 자며 야간 산행을 하거나 천체를 관측하는 행사도 한다. 스스로 좋아서 하는 축구, 족구 같은 동아리도 있다. 이뿐 아니라 학교 주변 냇가나 뒷산에 있는 유리 조각, 수해에 넘어간 나무 치우기 등의 나눔활동도 한다.

> 날씨도 쾌청한 18일(토요일) 10시, 냇가로 모여든 30여 명의 아빠랑 많은 인원이 함께 정리 작업을 하면서, 헌신하는 맑은 표정 속에서 남한산 아이들의 밝은 미소가 떠올랐습니다. 선생님들께서도 수고하신다고 격려와 음료수랑 수박을 손수 건네주시고, 감사합니다. 빠듯한 예산을 가진 아빠랑에서는 음료만 준비해 드렸습니다. 또한 작업 장갑도 회수하는 알뜰함도 보여 줬습니다.^^
> 일일봉사를 해 주신 아빠들께 엄마들께서, 저희 대표부가 충분히 해 주지 못한 따뜻한 요리와 감사함을 집에서 별도로 전해 주시면 더욱 감사하겠습니다. ㅋㅋ

작은 실천들

작은 일 같지만 이런 작은 것들이 모여서 남한산초등학교 학부모 활동과 남한산 교육공동체가 이루어진다. 다양한 기획들이 학부모회에서 나오고 자기가 처한 상황에 맞는 활동에 참여를 한다. 참여를 못 한 학부모를 위해 반 다모임에서 그동안 있었던 일을 보고해 주며,

홈페이지에 후기글을 올려 공유하는 과정을 갖는다. 학모들이 배우고 나누는 작은 실천들의 의미를 서로 공유하고 공감하는 만큼 남한산 교육이 잘될 것이다. 완전한 것은 아니지만 가는 길 자체, 실천하는 자체가 남한산일 수 있다.

김영주

우리 아이
잘 자라고 있나요?

말뜻을 뚜렷하게

학력, 평가, 공부, 학습이란 말들을 누구나 쓴다. 교사들은 먼저 이런 말뜻에 대해 논의하고 합의하는 것이 필요하다. 같은 말을 써도 서로 다른 뜻으로 사용한다면 뭔가를 함께해 나가기는 어렵다.

먼저 학력(學歷)은 흔히 말하는 가방끈이 얼마나 긴가를 묻는 것이다. 고졸인지, 대졸인지, 석사인지, 박사인지, 어디까지 학교를 다녔는가이다. 또 다른 학력(學力)은 배우는 힘을 말하는 것이다. 나쁜 뜻이 아니지만 흔히 양적 평가, 시험 점수, 전체 등수 등과 관련지어 사용되기 때문에 질적이고 정서적이고 도덕적인 문제까지 포함한 진정한 배움의 힘, 학력을 말하려면 또 설명을 덧붙여야 하는 번거로움이 있다.

다른 말들도 비슷하다. 제대로 뜻매김을 하고 대화를 하면 상관없는데 사람마다 경험한 것, 생각한 것 등에 따라서 다르게 사용하기 때문에 끝내는 다른 실천을 하게 될 수 있다. 열심히 가르치자고 교사들이 동의를 했더라도 실제 교실에서 아이들을 가르치는 장면들은 다 다를 수 있다. 어느 교실은 문제만 풀 수도 있고, 어느 교실은 체험을 중심에 둘 수도 있고, 어느 교실은 강의만 들을 수도 있는 것이다.

그래서 우리 교사들은 논의 끝에 '배움'이란 단어를 쓰기로 했다. 공부, 평가, 학습이라는 단어에는 교사가 시키고 아이들은 따라 했던 경험이 많이 묻어 있다. 누가 시켜서가 아니라 배우는 사람 스스로 해서 기쁨을 느낄 때 공부가 잘된다. 학습이 잘된다. 평가도 잘된다. 그렇다면 이 뜻에 가장 가깝게 쓸 수 있는 말이 무엇일까 고민하다 배우다의 '배움'으로 정하게 되었다. 인간은 평생 배우며 산다. 학교에서만 배우는 것이 아니다. 배우는 곳은 모두 학교가 된다. 배움이 가능한 학교를 꿈꾸어야 한다고 생각했다.

"잘 배우고 있나요?" "배움의 힘은 자라고 있나요?" "배움의 정도를 어떻게 말할 수 있을까?" "어떻게 하면 우리가 학생의 배움에 도움을 줄 수 있을까?" 교사들은 이런 질문으로 고민을 나누었고 학생들도 이런 질문을 쉽게 알아듣고 자기 의견을 말할 수 있었다.

배움이 잘 일어날 때

교사는 배우는 아이들이 잘 배울 때를 찾아서 그것을 지지하고 지원하고 열어 주면 된다. 온갖 교육 이론들이 있지만 교사와 학생, 학생과 학생, 학생과 학부모가 만나는 그 장면들에서 배움이 일어나는지를 묻고 또 물어야 하는 것이다. 이 물음에 대한 대답이 곧 교육이 아닐까 한다.

가만히 앉아서 들을 때보다 몸을 움직이며 실제로 해 보았을 때 무엇을 배우든 마음에 깊이 남는다. 또한 누가 시켜서가 아니라 자기 스스로 좋아서 달려들었을 때 배움이 잘 일어난다. 혼자 배우기보다 옆에 있는 친구들과 함께 배우면 훨씬 새롭게, 기쁘게 배울 수 있다.

몸소 겪고, 스스로, 함께, 새롭게, 기쁘게 할 때 진정한 배움이 일어난다. 그렇다면 이것이 어떻게 가능할까? 이 가운데 가장 중요한 것은 '스스로'다. 스스로 해야 체험, 협동, 창의, 기쁨의 가치가 생긴다. 학생이 스스로 하는 배움은 교사나 어른에겐 참으로 힘든 과정이다. 말은 쉽지만 실제 그렇게 하도록 하려면 자신을 완전히 내려놓지 않으면 안 되기 때문이다.

선생님, 기다려 줘요

배운다는 것은 몰랐던 것을 안다, 몰랐던 것을 해 본다, 해 보았더니 뭔가를 알게 된다는 의미이다. 몰랐던 대상은 모두 낯설고 두려울 수밖에 없다. 그래서 동시에 배움은 설렘과 새로움일 수 있다. 하지만 이 새로움의 상황에서 교사가 빨리 알려 주고 먼저 판단해 주려는 욕심이 앞서면 배우는 이는 스스로 하려는 힘을 잃고 따라 하려고만 든다. 이것이 되풀이되면 배움은, 먼저 배운 사람이 하는 것을 따라 하는 것이 되기 때문에 참으로 재미없고 지루한 훈련이라고 생각하게 된다. 배우는 이가 실수를 하더라도 좀 기다려 주고 지켜봐 주면 실패를 통해서 뭔가를 스스로 깨닫게 된다. 이 깨달음이 쭉 이어지고 밖으로 드러나도록 교사는 옆에서 길을 열어 주기만 하면 된다.

선생님, 같이 해요

있는 그대로 지켜봐 주고 기다려 줄 때도 있지만 뭔가를 함께 기획하고 함께 풀어 나갈 때도 있다. 연극을 준비할 때 복사를 해 주거나, 어떤 역할을 맡거나, 도움받을 곳을 알아봐 주거나, 무대 조명을 맡는 등 교사가 아이들 속에서 할 일은 얼마든지 있다. 다만 진행 과정에서 권위를 내세워서 학생들을 통제하려고 하면 학생들은 금방 뒤로 물러서거나 숨으려고 한다. 끝까지 믿고 지켜봐 주면서 그 속에서 할 수 있는 일들을 함께 생각하고 제시하고 하는 것이 필요하다. 학생만 배우는 것이 아니라 교사도 배운다.

학생 자치회에서 축구대회를 열었을 때, 진행 방법, 대진표, 일정,

중계방송 담당자 등을 모두 학생들이 스스로 짰지만 심판을 봐 달라거나 마이크를 준비해 달라는 부탁은 교사들에게 했다. 바자회, 노래 대회, 봉사활동, 숲속학교, 수업 중 모둠 발표, 자유 탐구 등에서도 남한산초등학교 학생들은 자발적 배움을 보여 준다.

선생님, 이렇게 하면 어때요?

배움이 잘 일어날 때, 학생들은 탐구를 시작한다. 문제에 몰입해서 관찰하고 토론하고 더 찾아보고 새로운 아이디어를 낸다. 새로운 아이디어는 바로 실천으로 이어져서 문제를 푸는 열쇠를 제공한다. 때로는 실패하기도 하지만 새로운 아이디어를 제기하고 풀어 보는 과정이 무엇보다 중요하다. 이런 과정이 있을 때 학생들은 더욱 배움 속으로 빠져들게 된다.

교사는 학생들의 문제 제기에 직접적인 답을 주면 안 된다. 다시 되물어서 문제를 뚜렷이 인지하게 하고, 전체 논의 과정으로 들어가도록 길을 열어 주는 것이 중요하다. 또한 새로 생각해 낸 아이디어로 다른 친구들과 함께 풀어 보도록 제안하면 다양한 답들이 나오게 된다. 이런 과정을 통해서 학생들은 문제 제기나 새로운 아이디어를 내는 것 자체가 중요함을 깨닫게 된다.

배움의 기록

한 시기의 평가나 한 번의 평가가 아니라 꾸준히 해 온 것을 보고 아이들의 자람 과정을 기록할 수 있는 방법이 무엇일까를 고민했다. 한 번 배우고 바로 평가해서 너는 A다, 너는 B다 기록하는 것은 옳지도 않고 학생의 배움에 도움이 되지 않는다. 꾸준히 하는 과정 그 자체가 배움이어야 한다.

배움의 흐름을 자세히 들여다보면 이렇다. 먼저 겪기가 있고, 겪고 나면 생각과 느낌이 생긴다. 이 생각과 느낌을 말과 글(국어), 수나 도표(수학), 그림(미술), 몸짓(연극이나 체육), 소리(음악) 등으로 드러낸다. 드러낸 것들을 서로 이야기하거나 토론한 뒤, 다시 혼자 글쓰기를 한다. 요약하면 겪기→ 생각하고 느끼기→ 드러내기→ 이야기(토론)→ 글쓰기라고 할 수 있다.

교과마다 수업을 하며 나온 결과물들이 있다. 기록물, 작품들, 몸짓, 발표, 이야기 등이다. 몸짓, 발표, 이야기 등은 서로 봐 주고 이야기해 주는 것 자체가 배움이자 평가이다. 그 외 그림과 글로 드러낼 수 있는 것들은 학교에서 자체적으로 배움 공책을 제작하여 꾸준히 기록하게 한다. 수학 공책, 글쓰기 공책, 책 읽기 수첩, 알림장 등을 활용하고 있다. 공책에 담을 수 없는 도표나 그림 등은 '자람나무'에 넣어 쌓아 간다. 이렇게 해마다 쌓인 공책과 자람나무는 6년 뒤 졸업할 때 훌륭한 배움의 결과물이 될 것이다. 교사는 이를 바탕으로 한

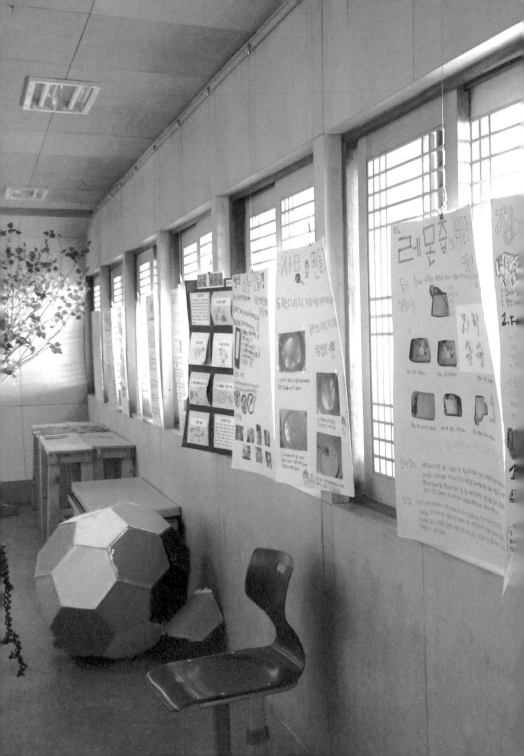

학기 또는 1년 과정을 기록할 수 있는데, 이것이 곧 평가가 된다.

배움 공책들을 연 2회 정도 전시하여 부모님, 학생, 교사가 함께 배움 결과를 보는 기회를 갖는다. 이때 고학년들이 자기 나름의 개인 기록을 전시하는 것이 부담스럽다는 이야기를 했다. 그래서 두 점 정도만 선택하여 전시하도록 했다. 배움 공책을 전시할 때 수업을 공개하여 학생들의 배움 모습을 보고, 교사와 학부모 상담을 병행하면 학생 배움에 도움을 줄 방법을 훨씬 잘 찾을 수 있다.

더불어, 교사나 학부모가 학생의 자람을 아는 것만큼 학생 스스로 자기 자신을 어떻게 보고 있는가도 중요하다. 흔히 말하는 자기 평가를 어떻게 할 수 있을까? 이런 문제를 풀기 위해서 '자람나무 함께 보기'를 자체 제작하였는데, 이 양식은 학생들도 알아볼 수 있는 쉬운 말로 만들었다.

'배움과 나눔 함께 보기'(통지표)는 연 2회 가정으로 보내, 학생의 배움에 어떤 도움을 줄 것인지 학부모와 공유하고 있다. 예를 들어, 글쓰기 공책을 1년 동안 꾸준히 사용한 것을 보면 변화, 발전, 성장 정도를 쉽게 알 수 있다. 관심과 흥미의 변화, 내용 구성력, 문장 표현력 등을 판단할 수 있으며 이후 학생에게 어떤 도움을 줄 것인지도 알게 된다. 이를 부모님, 학생, 교사가 공유하고 공감하고 지원하는 것이 필요하다.

교사 통지표와 학생 통지표를 함께 보다 보면, 교사들은 대체로 분석적이고 기능적이며 부분적인 시각으로 학생을 보는 측면이 강하고, 학생들의 자기 평가는 전체적이고 통합적이며 객관적으로 보는 경향이 강하다. 또한 학생들은 교과나 배움에 대한 흥미나 관심을 중시한다. 배우고 나서 재미가 없거나 지루하거나 하기 싫거나 하는 문제를 가장 앞에 놓는다. 과정이 어떠하든 결과적으로 학생이 지루함, 싫음, 재미없음 등의 단어를 떠올린다면 뭔가 문제가 있다고 보아야 한다. 최소한 이것은 넘어서야 스스로 배움이 일어나기 때문이다.

교사가 먼저 해 보아야 한다

학생들과 뭔가를 함께 하려면 제안하는 교사들이 먼저 해 보아야 한다. 직접 해 보지 않고 생각만으로 학생들에게 하라고 지시를 내릴 때 배움보다 반발이 일어나기 쉽다. 교사들끼리도 마찬가지다. 전체 교실에서 시행하는 게 좋겠다 생각되면, 제안하는 교사가 먼저 교실에서 실천해 본 다음 그 사례를 가지고 교사회의에서 발표, 논의, 합의를 거친 후 전체 프로그램으로 기획되어야 한다. 전체 프로그램으로 시행되지 않더라도, 교사들이 저마다 가진 수업의 색깔을 공유할 수 있다는 것만으로도 의미는 충분히 있다.

아이들의 자람나무에서 아이디어를 얻어 '교사 자람나무'란 것을 도입하고 싶었다. 학생처럼 나도 수업 계획과 과정을 기록한다면 어떨까 고민을 했다. 파일을 마련해 맨 앞에 학사일정과 교육과정 시간 운영, 교과 운영 등에 관한 글들을 복사해서 꽂았다. 더불어 슬기로운 생활, 즐거운 생활 주제통합교육을 하기 위해 교과를 분석했는데 그 글도 넣었다. 그리고 목요일마다 올리는 주간학습안내를 한 장 더 뽑아서 넣었다. 다음은 하루하루 수업이 끝나고 나서 그날 한 교과수업, 주제 등을 기록했다. 모두 기록하기보다 그날 중요한 활동을 중심으로 기록했다. 내가 예상한 것과 다른 학생들의 반응이 나올 때, 학생들이 깊이 몰입할 때, 학교 교육과정과 관련지어 볼 것 등이 기록되었다. 수업 중간중간에는 학생들이 무심코 한 말이나 이야기 가운데 마음에 남는 것들을 바로바로 기록해 두었다. 참고할 만한 학생 자료, 한글 지도 자료, 시 읽기 자료, 온작품 읽기 수업 목록 등은 꾸준히 꽂아 두었다. 이렇게 하면 내년 수업을 할 때 큰 도움이 될 것이다. 1년을 마치고 겨울방학 때 내 자람나무 두 권을 돌아보았는데 참으로 깨달은 것이 많았다. 일종의 교사 교육일지다.

이런 이야기를 교사회의 시간에 소개했다. 교사들은 나처럼 하는 사람도 있고, 자기 나름대로 양식을 새로 만들어 교사 자람나무를 쓰기도 하였다.

함께 자란다

교사는 평가자이고 학생은 교육 대상자라는 생각에서 벗어나야 한다. 학교라는 공간이 배움의 공간이 되려면 서로 배우는 만남이어야 한다. 교사가 배움을 기획하지만 학생도 배움을 기획한다. 배움이 함께 기획되면 함께 배우는 과정이 교육이 된다. 다만 교사는 더 큰 안목으로 길을 열어 주고 판을 벌여 주는 역할을 한다.

배움의 과정이 배움답도록 교사와 학생, 학부모가 함께 노력하는 것이 교육이다. 배움과 나눔으로 삶을 가꾼다는 학교 목표는 학부모들에게도 해당된다. 학생에게 뭔가를 가르치려고만 하지 말고 학부모 스스로 성장해야 한다. 많이 하는 것보다 최소한의 것을 함께 실천할 때 남한산 교육공동체 속에서 학부모, 교사, 학생이 함께 성장할 수 있다. 이것은 끊임없는 실천과 고민과 이야기 나누기가 있어야 가능한 것이다. 삶을 가꾼다는 말도 이런 것이 아닐까 생각한다. 이 속에 작은 행복들이 숨어 있으니 이를 나누면 된다. 남한산에서 겪은 이야기들은 아이들 마음속에 오래 남을 것이다. 교사와 학부모에게도 마찬가지다.

3부

남한산의
선물

점차 남한산이 좋은 학교라는 소문을 듣고
찾아온 학부모들이 늘어나면서
내 아이를 좋은 학교에 보내고 있다는
안도감에 머무르며 자신도 이 속에서
함께 성장하고 소통하려는 모습이
사라져 가고 있는 듯해 안타깝다.
내 아이만 행복하면 되고 내 아이만 성장하면 되는,
내 아이만을 위한 학교가 되어 가고 있는 것은 아닌지
걱정스럽다. 이러한 걱정이 현실이 되지 않기 위해서는
부단한 자기 성찰과 노력이 있어야 할 것이다.

남한산에서
세발자전거를
타다

심유미

'교사'라는 직업에 숨이 막히던 때

어릴 적 내 장래희망은 언제나 '교사'였다. 그리고 바라던 대로 교사가 되었다. 하지만 아이들과 함께 행복하게 살아갈 수 있으리라는 부푼 기대와 설렘도 잠시, 나는 현실 속에서 지쳐 가기 시작했다. 아이들보다 행정업무 처리를 더 중시하는 학교 풍토에 숨이 막혔고, 그것에 맞설 용기가 없어 더 깊이 좌절하면서 처음의 열정은 온데간데 없이 사라지고, 그럭저럭 해 나가고 있는 선생으로 살고 있었다. 교과연구회 활동도 하고 몇몇 뜻있는 교사들과 실마리를 찾아보려고도 했지만 여전히 나는 답답하고 외로웠다. '오늘은 아이들과 정말 행복하게 잘 지냈구나.' 하는 날이 그리 많지 않았다. 그렇게 점점 숨이 막혀 올 때, 나는 남한산초등학교를 만났다. 정신이 번쩍 들었다. 이 학교라면 오랫동안 내 가슴을 누르고 있던 답답한 돌덩이를 들어 올릴 수 있으리라는 희망이 생겼다. 아이들과 함께 행복하고 싶었고, 아이들을 오롯이 가슴에 품고 싶었다.

남한산과 세발자전거

남한산을 만나면서 나는 나를 숨 못 쉬게 하던 답답한 돌덩어리를 조금씩 내려놓게 되었다. 그 돌덩어리를 내려놓을 수 있도록 한 건 오롯이 아이들을 중심에 두고 논의하는 남한산의 문화였다. 남한산이 갖고 있는 이 문화에 기대어 용기를 낼 수 있었고 묵혀 두었던 세발자전거를 꺼낼 수 있었다.

세발자전거는 누구나 쉽게 배워 탈 수 있다. 페달을 힘껏 밟으면 앞바퀴가 움직이기 시작하고 곧이어 두 개의 뒷바퀴가 균형을 잘 맞춰 주어, 넘어지지 않고 앞으로 나아갈 수 있도록 해 준다. 남한산에 오면서 어릴 적 내가 탔던 세발자전거와 두발자전거를 떠올렸다. 내가 세발자전거를 타고 마을 한 바퀴를 다 돌 수 있을 만큼 자랐을 때 자연스레 나는 마당에 세워져 있던 아빠의 두발자전거가 욕심났다. 하지만 두발자전거는 세발자전거와는 달리 균형 잡기가 힘들었다. 몇 날 며칠 무릎이 성한 날 없이 다치고 깨졌다.

내가 힘들어했던 학교는 아이와 교사라는 두 바퀴로만 움직이는 자전거가 아니었을까? 그랬기에 균형 잡기도 힘들고 자꾸만 넘어졌던 것은 아닐까? 세발자전거부터 배워 균형감을 익혔어야 하지 않을까!

학부모와 소통하는 '징검다리'

지금까지 나를 갑갑하게 했던 것 중 하나는 교사와 학부모 간 소통의 부재였다. 교사가 아이를 두고 학부모와 소통한다는 것은, 그동안 나에게 꿈이었다. 아니, 지금까지의 학교에서는 차마 꿈조차 꾸지 못했다.

나는 2010년 3월 2일, 남한산에서의 첫날부터 꿈꾸던 소통을 실행에 옮겼다. 그날 아침 나는 2학년 나무마을 아이들 부모님께 드리는 편지글을 썼다. 아이 둘을 둔 엄마의 마음으로 나무마을 28명의 학교 엄마가 되겠노라는 이야기와 함께 학교생활에 대해 몇 가지 부탁할 것을 적었다. 편지를 쓰는 내 마음은 교정에 소리 없이 쌓이던 봄눈처럼 설레었다. 그러면서 이러한 소통이 매일 이루어지도록 해야겠다는 생각을 했다. 그래서 나는 학교와 가정 사이에 '징검다리'를 놓기로 했다. 학교에서 매일 일어나는 일을 적어서 학부모와 교사, 아이 사이를 오가는 징검다리를 놓기로.

아이들은 아직 자기중심적이어서 학교생활의 내용을 가정에 그대로 잘 전달하지 못할 때가 있다. 알림장과 한 주 배움나눔 안내를 통해 기본적인 소통을 하지만 하루나 일주일의 준비물과 과제 안내 등의 역할 정도이다. 수업시간에 어떤 활동을 했는지, 학급에서 어떤 일이 있었는지 등에 대한 이야기는 아이들의 입을 통해서만 가정에 전달된다. 그런데 아이들의 성향에 따라 학교 일을 전달하지 않는 아이도 있고 또는 자기중심적으로 말하다 보니 학부모와 학교, 아이와 아이 사이에 있었던 일에 대한 의사소통이 원활하지 못할 때도 있다. 이러한 문제 때문에 교사와 학부모의 소통을 이어 주는 자전거의 체인 같은 매개체가 필요했다. 나는 '징검다리'가 그 역할을 해 줄 것이라고 기대했다.

혼란스러웠던 첫 만남

하지만 내 계획은 첫날부터 어긋났다. 중간놀이 30분 시간과 점심시간을 이용하여 징검다리를 쓰기로 마음먹었지만 개학 첫날부터 아이 두 명이 싸움을 일으켰고, 둘째 날까지도 조금의 짬을 낼 수 없을 만큼 교실은 혼란스러웠다. 대부분의 아이들이 수업시간에 제자리에 앉아 있지 못했고 수업 도중에 평균 5명은 화장실에 간다고 아무 때

나 일어났다. 발표는 서로 먼저 하려고 아우성이었으며 자기 이야기가 끝나고 나면 친구 이야기는 듣지 않았다. 수업시간에 앉아 있는 것보다 돌아다니면서 친구들과 이야기하는 것이 더 자연스러웠고, 그러다가 순식간에 몇 명이 엉겨 싸우기까지 했다. 아이들은 한 명 한 명 모두 입을 쫑긋 벌려 제 입에만 먹이를 넣어 달라고 소리를 질러 대는 제비 새끼처럼 쉼 없이 제 말만 하고 있었다.

나는 먼저 아이들과 이야기를 나누어야겠다고 생각했다. 이틀 동안의 생활을 바탕으로 아이들과 놀이시간, 수업시간에 지켜야 할 일에 대해서 함께 생각하고 이야기를 나누었다. 그러고 나서야 중간놀이시간에 징검다리를 놓을 약간의 짬이 나기 시작했다.

● 2010. 03. 04. 징검다리

좌충우돌 나무마을 아이들과의 첫째 날, 둘째 날을 보내고 나니 오늘은 교실이 한결 평안합니다.

'글똥누기'는 받아쓰기시간과 비슷합니다. 오늘은 『강아지똥』 동화를 들려주고 책 내용 문장을 불러 주는 '글똥누기'를 하였습니다. "왜 선생님이 받아쓰기를 '글똥누기'라고 이름 지었을까?" 하고 물었더니 "강아지똥처럼 우리에게 거름이 되라구요."라고 대답합니다.

조금씩 천천히 아이들과 하나가 되겠습니다.

남한산초등학교에 대한 기대가 컸던 것만큼 아이들과의 첫 만남은 내게 혼란스러웠다. 아이들의 학교생활과 가정생활을 같이 안정시켜야 했다. 안정된 환경과 생활은 억눌리지 않은 적극적인 에너지를 가진 나무마을 아이들의 매력을 더욱 빛나게 해 줄 수 있을 것이라고 믿었기 때문이다.

먼저, 아이들이 준비할 준비물이나 과제는 칠판에 적어서 알림장에 한두 줄만 쓰도록 했다. 대신 징검다리는 아침시간부터 1블록, 중간놀이, 2블록, 점심시간에 있었던 일과 활동, 에피소드 등을 적어 아이들 학교생활에 대해 학부모가 충분히 파악할 수 있도록 하였다. 필요하다면 과제에 대한 더 자세한 안내와 가정에서 함께 해 주어야 할 일, 학급에서 일어난 일에 대한 내 생각도 같이 적었다.

한 돌 두 돌 놓이기 시작한 징검다리는 교사와 학부모 사이를 연결해 주는 다리가 되어 가고 있었다. 단 몇 줄의 징검다리가 나와 아이들의 활동을 돌아보게 해 주었고, 가정에서도 아이와 더 많이 소통할 수 있는 계기가 되었으며, 학교와 가정이 나아가야 할 방향의 길잡이가 되는 데 도움을 주고 있었다. 뿐만 아니라, 내가 쓴 징검다리 아래에 가정에서 있었던 일이나 질문거리, 고민거리, 참고할 사항 등을 댓글로 써서 보내 주는 학부모들이 생겨나면서 4월 초 학부모 상담이 시작되기 전 이미 교사와 학부모 사이에 교감이 형성될 수 있었다. 드디어 세발자전거가 조금씩 움직이기 시작한 것이다.

● 2010. 03. 09. 징검다리

수학시간에는 수학나라 말을 배우고 있습니다. 올해 저는 '몸으로 배우는 수학공부'를 하려고 합니다. 오늘은 일의 자리 수, 십의 자리 수, 백의 자리 수의 원리를 연극을 통해 자연스레 몸으로 겪으며 알아보았습니다. 개념과 원리가 탄탄하게 정립되어야 수학적 사고력 형성이 가능합니다. 처음이라 아이들이 아직 연극에 익숙하지 않아 수학시간 내내 진땀을 흘렸답니다. ㅜㅜㅜㅜ 기회가 된다면 가족과 함께 연극 공연을 보면서 연극 관람 태도나 배우로서의 참여 태도 등에 대해 이야기 나눠 보시면 좋겠습니다.

한 달쯤 지나니 스물여덟 빛깔 나무마을 아이들 한 명 한 명이 눈에 들어오기 시작했다. 한편 벌써부터 교실에 형성된 아이들만의 질서도 드러나기 시작했다. 교실에는 대장도 있었고 따돌림도 있었다. 운동을 잘하고 말을 잘하는 아이를 중심으로 그룹이 형성되어 있었고 매일 잔뜩 화가 난 것처럼 보이는 아이도 있었다. 대장 역할을 하는 아이는 친구에게 거짓말을 하도록 시키고 아이들은 대장의 잘못을 자신이 했다고 감춰 주기도 했다. 남한산에도 때리는 아이, 욕하는 아이, 따돌림당하는 아이, 따돌리는 아이가 있었다. 하지만 학급에서 일어나는 이러한 아이들의 모든 이야기를 징검다리에 쓰지는 않았다. 징검다리는 아이들과 학부모 모두에게 공개되는 것이어서 상황에 따라 아이의 실명을 밝히지 않기도 하고, 교사의 판단에 따라 자세한 내용은 적지 않기도 했다. 대략적인 문제 상황은 징검다리를 통해 전하고 대신 아이의 부모님과 직접 만나 이야기를 나누었다. 함께 지켜야 할 엄격한 규칙과 함께 아이들을 좀 더 보듬고 품어 주면서 더 깊은 이야기를 나누어 주길 부탁드렸다.

● 2010. 03. 25. 징검다리

하루아침에 달라지진 않겠지만 어제 오후에도 아이들의 싸움이 있었습니다. 아이들 입에서 나온 말이라고 믿기 어려운 말들이 오고 갔다는 것을 알고 제가 더 상처받았어요. 아침시간에 아이들과 얘기 나눴습니다. 친구와 입장을 바꿔 생각해 타인에 대한 이해심이 넓어질 수 있도록 아이들과 얘기 많이 나눠 주시고요. 가정에서 더 많이 안아 주시고 사랑한다고 표현해 주시길 부탁드립니다. 저도 더 많은 사랑으로 품겠습니다. 그러면 아이들이 변화하리라 믿습니다.

● 2010. 04. 15. 징검다리

여러 친구들과 어울려 놀이할 수 있도록 이야기 많이 나누었습니다. 놀이를 잘 못한다고 끼워 주지 않거나 규칙을 잘 지키지 않는 등 함께 놀지 못한 이유들을 터놓고 이야기해 보게 했습니다. 해결 방법도 함께 생각해 보았습니다. 중간놀이시간에 징검다리를 적지 않고 아이들 놀이를 지켜보았습니다. 그리고 중간놀이시간에 발생한 문제들에 대해 아이들과

또 이야기를 나누었습니다. 친구들을 배려하는 멋진 나무들로 자라리라 믿습니다. 아이들의 의젓한 모습에 많이 흐뭇한 하루였습니다.

　바른 생활 시간, 수학시간, 국악시간에도 기회가 있을 때마다 친구를 도와주고 배려할 수 있도록 하였습니다. 예를 들어 문제를 풀이한 다음 친구의 생각과 비교하기, 친구의 생각과 다를 경우 함께 이야기 나누기, 친구 도와주기 등등. 이렇게 예쁜 모습으로 싸우지 않고 공부할 수 있는 나무마을 아이들이었습니다. 방법을 몰랐을 뿐입니다. 가정에서도 함께 말씀 나눠 주세요.

아이들과 소통하는 '이야기 나누기'

징검다리를 통한 학부모와의 소통이 조금씩 자리를 잡아 갈 무렵 또 다른 곳이 기우뚱하는 걸 느꼈다. 아이들의 학교생활 모습을 관찰해 보니, 규칙을 만들어 놀이를 하거나 또는 놀이 중에 생긴 갈등 상황을 해결하는 과정에서 여러 가지 문제점이 보였다. 예를 들면, 대장이 된 아이가 마음대로 규칙을 정한다거나 한 아이만 계속해서 술래를 한다거나 술래가 되면 놀이에 참여하지 않는다거나 하는 문제들이었다. 대부분의 아이들은 그러한 행동들이 옳지 않음을 알아도 자신의 일이 아니니 나서지 않았다. 자신의 일이라 할지라도 친구들로부터 놀림의 대상이 되지 않을까, 혹은 친구들이 자신과 놀아 주지 않을까 걱정하여 나서서 말을 하지 않는 것이다. 그러면서 나무마을 아이들 사이에 나름의 잘못된 놀이문화가 생기기 시작했고 항상 술래를 하는 아이나 놀이를 함께 하지 않는 아이는 '그래도 되는 아이'가 돼 가고 있었다.

옳은 것은 옳다고 말하고 잘못된 것은 잘못되었다고 말할 수 있는 아이들로 자라려면 먼저 어떤 일이든 믿고 말할 수 있도록 교사와 아이들 사이에 신뢰가 생겨야 한다. 문제 해결을 위해 교실에서 전체 아이들과 함께 이야기를 나누는 시간을 마련해야겠다고 생각했다.

그냥 이름 그대로 '이야기 나누기'인데, 함께 생각해 보아야 할 일이 생기면 언제든 아침시간과 집으로 돌아가기 전에 '이야기 나누기'를 하는 것이다. 학교생활 중 힘들었던 일, 함께 생각해 보아야 할 일, 놀이할 때 일어났던 일 등에 대해 서로서로 이야기를 주고받았다. 해결 방법도 함께 찾아보았다.

그저 이야기를 나누는 시간을 가졌을 뿐인데 서로 배려하고 존중하는 마음과 자세가 자리매김하기 시작했고, 나무마을 아이들의 싸움과 따돌림은 사라져 갔다. 처음에는 친구의 나쁜 행동만 보고 지적하였던 아이들도 친구의 좋은 점을 말할 줄 알고 스스로를 되돌아보기 시작했다. 또한 상황을 객관적으로 보기 시작했고 현명한 해결책까지 제시하는 경우도 많아졌다.

난 그저 아이들 곁에 있어 주었을 뿐이다. 오히려 내가 아이들에게서 지혜를 얻을 때가 더 많았다. 이제 나무마을 아이들은 아프면 아프다고 말할 줄 알고 친구의 아픔을 느끼기도 하며 아픈 곳을 서로 치료해 주기도 한다. 싸우고 나서도 금세 화해하고 언제 그랬냐는 듯 돌아서 웃으며 뛰어노는 아이들도 많아졌다. 그런 나무마을 아이들 속에서 나도 함께 배우고 자랐다.

그런데 이야기 나누기를 하다 보면 아무래도 상처 주는 아이, 상처 받는 아이에 집중하게 된다. 그러다 보니 갈등을 일으키지 않는 다른 아이들에게 상대적으로 소홀해지게 되는 것 같았다. 나무마을 한 아이 한 아이가 어떤 생각을 하며 생활하는지, 무엇을 가장 좋아하는지, 집에서는 어떻게 생활하고 있는지를 관심 있게 들여다보고 골고루 정성을 쏟고 싶었다. 뭔가 새로운 돌파구가 필요하다 생각했을 때 어느새 여름방학이 코앞에 와 있었다.

'그래, 긴 호흡으로 아이들을 바라보자. 한 박자 천천히 가자.'고 마음을 가다듬고는 방학을 이용해 학기 초부터 하고 싶었지만 못 했던 가정방문을 시작했다. 가정방문은 몸으로 느끼는 소통이었다. 가정방문을 하면서 아이들의 글에서 읽었던 새끼 세 마리 낳은 강아지도 만나고 아이들이 등하굣길에 걸었을 길도 걸어 보고 한 아이의 그림에 자주 등장하던 집 앞 나무도 보았다. 아무리 바쁘고 힘들어도 교사가 놓치지 말아야 할 것이 있다는 것을 아이들이 그동안 몸짓으로 행동으로 알려 주고 있었는데 내가 그동안 놓쳤던 건 없었는지 스스로를 되돌아보게 되었다.

숨차지만 신 나게 세발자전거를 타다

그 어느 해보다 오롯이 아이들과 함께한 한 학기였다. 때론 숨이 찼다. 여기저기서 아이들이 나를 봐 달라고 외치고 서로 싸우고 울부짖고 해서 때론 속상하고 화가 나기도 했다. 아이들과 이야기 나누기를 해도 소용이 없고 징검다리와 상담을 통해 부모님과 이야기를 나누어도 나아지는 것 없이 제자리만 맴도는 것 같다는 생각이 들 때도 있었다. 아니, 더 깊은 늪으로 빠지는 것같이 느껴질 때도 있었다. 내가 지치고 힘들어 아이들이 방법을 찾을 때까지 기다려 주기보다는 '안 된다' '나쁘다'라고 소리치며 성급하게 다그치기도 했다.

그렇게 조금은 비틀거리며 조금은 힘겨워하며 타던 세발자전거를 이젠 아이들도 학부모들도 교사도 썩 편안하게 탈 수 있게 된 것 같다. 징검다리와 이야기 나누기가 아이와 아이, 아이와 교사, 아이와 학부모, 학부모와 교사를 끈끈하게 이어 주는 역할을 했다. 서로 단단하게 연결된 세 바퀴는 자전거를 씽씽 달리게 해 주리라.

남한산 숲 놀이터에 아이들이 놀고 있다. 운동장엔 세발자전거를 타며 노는 아이도 있고 두발자전거를 타는 아이도 있다. 햇살 참 따스한 날이다.

두려움에 대해서   김영주

나는 어릴 적 선생님이 하얀 도화지를 주거나, 네모 칸 원고지를 주거나, 교과서에 있는 노래 부르기 시험을 본다고 하면 뭔지 모를 두려움에 휩싸였다. 이런 두려움은 아직도 몸과 마음에 남아 있다. 왜 그렇게 되었는지 잘 모른다. 다만 대학에 들어가서 이오덕 선생님의 『삶을 가꾸는 글쓰기』(보리 펴냄)란 책을 보며 처음으로 나도 글을 쓸 수 있겠구나 하는 마음이 들었다. 뭔가를 겪고 나의 생각과 느낌을 진솔하게 말과 글로 옮기는 것이라면 나도 할 수 있다는 생각을 하게 되었다. 그림 그리기와 노래 부르기는 여전히 극복하지 못한 두려움의 대상으로 남아 있다.

당구를 치거나, 배드민턴을 칠 때도 이와 같은 두려움이 있었다.

잘 할 수 있을까? 혹시 지는 것은 아닐까? 괜스레 고생만 하는 것은 아닐까? 나서지 말고 가만히 있을 것을 그랬나? 움직이는 동안에 마음속에 온갖 생각들이 들고난다. 이런 생각을 할 때는 마음이 불안해지고 평소 실력보다 더 못하게 되어 진 것보다 더 마음이 안 좋은 경험을 많이 했다. 여러 번 겪고 나서야, 뭔가를 할 때는 두려움 없이 그 자체에 빠져들어 있는 그대로 받아들여야 자연스럽게 하게 되고 기쁨도 따라온다는 것을 알게 되었다. 그렇다고 늘 그렇게 된 것은 아니지만 두려움이 없어지면 마음이 넉넉해져서 승부, 불안, 욕심, 비교 등에서 벗어날 수 있었다.

수업도 비슷하다. 내가 뭔가 많은 것을 주려고 많이 준비한 다음 일방적으로 진행을 하면 난 열심히 하는데 아이들은 멍하니 있거나, 아이들은 자꾸 궁금해하며 묻는데 난 바빠서 무시하고 다음 단계로 넘어간다. 반면 열심히 준비한 만큼 열심히 비우고 아이들 소리에 귀를 기울이면 아이들이 나에게 다가온다. 나중에 돌이켜 보면 내가 가르치려고 했던 것보다 훨씬 큰 것을 아이들은 배웠고, 나 또한 이를 통해 깨닫고 배웠다는 것을 알게 된다.

해마다 중, 고학년을 맡으면, 딱딱하게 굳어 버린 아이들 표정과 두려운 눈빛들을 풀어내려고 놀이도 하고 노래도 부르고 춤도 추게 한다. 아이들 눈빛을 잘 살펴보면 이렇다. 저 선생은 우릴 또 얼마나 무섭게 할까? 믿을 수 없으니 좀 두고 보자. 저 선생은 화가 나면 어디까지 갈까? 섣불리 나섰다가 혼나느니 조용히 있자. 나를 드러내기보다 숨기는 것이 살길이야……. 하긴 교사인 나도 이런 마음과 생각에서 크게 벗어난 적이 없다. 하지만 두려움을 풀어 주고 싶은 것도 또한 내 마음의 진실이었다.

그런데 1학년 아이들을 가르쳐 보면 고학년에 견주어 훨씬 두려움이 적다는 것을 알 수 있다. 두려움이 없다는 것은 미래에 대한 진단, 과거의 기억으로 인한 판단 등이 적다는 것이다. 지금, 여기에서 겪는 일에 오롯이 빠져 있을 뿐이다. 선입견, 불안, 비교 따위가 눈에 띄게 적다. 그래서일까, 1학년 아이들은 나보다 먼저 불안에서 벗어난다. 더 나아가 자연스러운 움직임과 긍정적 에너지로 나를 웃게 하고, 엉킨 마음도 풀어 준다. 내가 가진 생각, 판단, 비교, 기획 따위를 무장해제시킨다. 그저 함께 어울려 살며, 지금 이 순간에 머물러 온 힘을 다한다. 이런 아이들이 교육을 받으면 받을수록 표정이 어두워지고 뭔가를 두려워하게 된다. 과거 경험에 얽매이거나 미래를 걱정하며 지금 여기에서 도망가려고만 한다.

두려움은 어디서 올까? 무엇보다 나를 남에게 비교당하며 살 때 그러하다. 내 이야기와 다른 이의 이야기가 자연스럽게 드나들지 못하고 강한 자가 약자를 누를 때 그러하다. 내 이야기(생각과 느낌)를 숨기는 것이 유리한 상황들을 자꾸 겪기 때문에 그러하다. 과거 일 때문에 지금을 걱정해야 하고, 다른 누가 정해 놓은 미래 때문에 지

금을 포기해야 할 때 그러하다. 두려움은 때로는 힘으로, 때로는 자기
만의 수다로, 때로는 승진 욕망으로, 때로는 남을 이기고 넘어서려는
마음으로, 때로는 자기를 숨기거나 자학하는 것으로 나타난다.

두려움의 반대는 용기가 아니라 사랑이다. 모든 것을 품을 수 있는

사랑은 두려움이 있는 사람한테서 나올 수 없다. 두려움이 없는 사람
일수록 있는 그대로 들어 주고, 있는 그대로 본다.

    그렇다면 두려움이 없는 사람은 어떻게 그렇게 될까? 두려움이 없
는 아이들의 배경은 어떠할까? 가정이든, 학교든, 그동안 만난 사람이

든 그렇게 만든 원인들이 있을 것이다. 그런 아이들을 잘 살펴보면 답이 있다. 그런 아이들의 부모나 그런 아이들이 말하는 선생을 보면 알 수 있다.

남한산초등학교 아이들의 최고 장점은 두려움이 없다는 것이다. 모두 그러하지는 않지만 어느 학교보다 두려움 없는 아이들이 많다. 우리 학교에는 경쟁을 일으키는 상벌이 없다. 무엇을 하든 그 자체가 좋아서 해야 한다. 남을 이기기 위해서 하거나 남 때문에 하기보다 배우는 내용 그 자체를 중요하게 여긴다. 수업시간에 뭔가를 하기 위해서 물건을 주거나 영상을 보여 주거나 글을 읽어 주면 잘 살펴보고, 만지고, 듣고, 말한다. 다모임에서 노래대회, 축구대회, 야구대회, 바자회 등을 기획하여 진행할 때도 스스로 안내장 만들고, 심판 정하고, 대진표 짜고, 물건 모으고, 상품 만드는 등의 일을 알아서 해 나간다. 수업시간이나 모둠활동 때 복사가 필요하면 망설임 없이 교무실에 와서 허락을 받고 복사한다. 각종 행사에 참여할 때도 스스로 좋아서 모이고 연습하고 발표하는 모습을 볼 수 있다.

두려움 없는 상황을 만드는 것들은 어찌 보면 아주 간단하다. 판단을 멈추고 있는 그대로 보고 듣고 함께 사는 것이다. 특히 어른인 교사와 학부모가 말과 행동을 어떻게 하느냐가 중요하다. 넌 왜 머리가 그렇게 안 돌아가니? 누구를 닮아서 그렇게 못하니? 자꾸 그렇게 하면 혼날 거야, 여기서 지면 끝장이야, 그럴 줄 알았다니까, 네가 원래

그렇지, 왜 이렇게 산만하니? 걔는 ADHD래, 머리가 나쁘대, 가정환경이 그래서 어쩔 수 없어, 부모가 그런데 어떻게 아이가 잘하겠어 등의 말들을 쉽게 하면 아이들은 어른 눈치를 보고 주눅이 든다.

아이의 마음을 그대로 인정하고 들어 주려는 태도나 말이 필요하다. 또한 묵묵히 나만이 아닌 우리를 위해 함께하는 활동을 몸으로 보여 주어야 한다. 어떤 선생에게 물어봐도 친절하게 도움을 준다, 완전하지는 않지만 아이들 중심으로 수업을 하려고 한다, 늘 회의하고 우리가 가졌던 것들을 비우고 내려놓는 데 저항이 적다, 아이들 스스로 서로 도우며 갈 수 있는 길을 열어 주려고 노력한다, 새로운 것을 배우려는 모습들을 보여 준다, 시간을 내어 내 아이만의 부모로서가 아니라 전체 아이들의 학부모로서 함께 여행을 한다, 학부모가 새롭게 배운 것을 아이들이나 홀로 사는 노인들과 나누려고 한다, 우리 집만이 아니고 우리 아이들이 생활하는 학교 뒷산과 냇가를 치우려는 마음을 가지고 실천한다, 이런 교사와 학부모의 모습들이 아이들의 두려움을 없애 준다.

또한 이 속에서 교사와 부모가 건네는 말은 아이들에게 결정적인 영향을 준다. 내일 아빠들과 뒷산에 부러진 나무들을 치우기로 했는데 함께 가겠니? 이 일에 대해 너의 생각은 어떠니? 싸울 수는 있지만 네가 먼저 사과하는 방법도 있어, 마음이 아팠구나, 오늘 기분이 어떠니? 등의 말들은 어른이 판단이나 결정을 내려 주는 것이 아닌 아이의 생각이나 느낌을 묻는 것이다. 단지 어른의 활동을 알려 줄 뿐 판단과 결정은 아이들 스스로 내리도록 기다려 주는 것이다.

이 이야기들은 학교에서 선생 김영주가 바라본 사례들인데, 학부모로서 아이들을 키우는 이야기나, 아이들 이야기, 또 다른 교사들의 이야기가 보태진다면 두려움 없는 아이들로 자라는 원리를 이야기하는 가운데 자연스럽게 사랑이 샘솟고 배움과 나눔의 물결이 흐를 수 있다.

학교에서 우리는 아이들에 대해 자세히 모른다. 잘 모르기 때문에 어른의 생각으로 그냥 넘겨짚거나 알아서 판단을 한 뒤 아이들에게 어른의 판단을 강요하는 경우가 많다. 판단하기 이전에 아이들의 모습, 표정, 놀이, 말과 글, 그림 작품, 공책 등을 면면이 살펴보고 이야기를 함께 나눌 필요가 있다. 아이들에 관한 이런 이야기들이 넉넉할수록 아이들의 두려움을 줄여, 본디 가지고 태어난 자연스러움과 자유로움을 확장시켜 줄 수 있다. 이런 흐름의 확산이 바로 학생을 제대로 교육하는 길이라고 생각한다.

병태가 준 선물

황영동

구멍

교육이란 행위를 항아리에 물을 붓는 과정이라고 한다면, 물을 붓기 전에 대개 어떻게 물을 부을 것이며, 혹은 얼마만큼 물을 부을 것인가를 생각하게 된다. 하지만 그러기 전에 먼저 항아리에 금이 가 있거나 구멍이 나 있지는 않은지 살펴보는 것이 우선이다. 항아리에 구멍이 나 있다면 아무리 물을 쏟아부어도 항아리는 채워지지 않을 것이기 때문이다. 마찬가지로 학년 초 새로운 학급을 맡게 되면 구멍이 없는지를 파악한다. 가장 큰 구멍은 무엇이고, 그것을 어떻게 메울 것인지도 생각한다. 구멍을 메우거나 그 구멍을 최소화하면 적은 물이라도 채울 수 있다는 생각 때문이다. 2010년 3월, 3학년 산마을에서 만난 병태가 나에게는 바로 그런 구멍과 같은 아이였다.

유명한 아이, 병태

사실 나는 병태를 그전부터 알고 있었다. 담임으로 만나기 한 해 전부터 봐 왔기 때문이다. 병태의 살기등등한 표정과 통제되지 않는 행동은 2009년 병태가 남한산에 전학을 오자마자 학교에 금세 알려졌다. 작은 학교에서 병태의 행동은 두드러지게 표시가 났다. 게다가 병태 담임 선생님께서 옆에 붙어 있던 우리 교실로 네 차례나 병태를 데리고 온 적이 있었다. 병태가 전혀 수업을 진행할 수 없을 정도로 수업을 방해하는 행동을 보였기 때문이었다. 그때 병태 담임 선생님은 학기 중에 교육청으로 파견 간 선생님을 대신하여 임시 교사로 와 있었던 마음 착한 노교사였다.

병태는 계속 문제를 일으켰다. 내가 병태와 따로 상담을 하기도 했고, 교장 선생님과 두어 번 상담을 하기도 했다. 입에 욕을 달고 다니고, 늘 싸움을 일으키고 다니던 그 아이를 다음 학년에 누가 맡을 것인지 걱정되었고, 어느 교사가 맡든지 쉽지 않을 것 같았다. 병태는 남한산에서는 자주 보지 못하던 아이였다. 그런데 이상하게도 난 병태와 친해질 것 같다는 생각이 들었다. 마음이 힘들었던 예전의 내 모습을 비추는 거울 같은 느낌을 받았기 때문이다.

병태의 분노

그리고 2010년, 난 병태의 담임이 되었다. 학기가 시작되던 3월, 병태는 약간 긴장을 해서인지 초반에 나와 눈을 또렷하게 맞추며 날 지켜봤다. 병태는 내가 만만한 사람이 아니라고 생각하는 듯했고, 내 행동을 유심히 관찰하는 듯 보였다. 하지만 초반의 긴장감은 빨리 풀렸고 병태는 이내 원래대로 행동하기 시작했다.

수업 중에 조금이라도 하기 싫거나 어려운 상황이 닥치면 짜증을 냈고 생각을 해야 하는 상황에서는 저항을 했다. 학습 결손도 심각해서 글을 읽거나 쓰는 것은 물론 기초적인 셈도 되지 않았다. 몰라서 답답해했고, 답답해하다가 짜증을 내거나 별일 아닌 것으로 다툼을 일으켜서 학급 분위기를 망쳐 놓았다. 병태가 화날 때 공격하는 대상은 나를 포함한 주위의 모든 아이들이었다. 게다가 아침에 집안 형제들과 싸우고 오는 날이나 부모로부터 혼이 많이 나서 오는 날이면 아침부터 분란을 일으켰고 이내 그 분노감을 내게 표출하곤 했다. 병태는 생각하는 것보다 본능적으로 반응하는 데 익숙해져 있었다. 화를 내고 사건을 일으키고, 상대방이 화를 내면 그보다 더 크게 분노를 했다.

처음 병태의 막 나가는 행동을 순간적으로 통제할 때 나는 병태를 무섭게 대했다. 그런데 그러한 내 모습에 병태보다는 옆에 있는 우리 반 아이들이 더 무서워하는 모습을 보였다.

이런 상황에서 병태에게 알림장 쓰기, 숙제, 책 읽기, 셈하기와 같은 일상적인 학교생활은 그렇게 절박한 문제도 급한 문제도 아니었다. 병태의 감정 상태가 전체 학급 분위기에 큰 영향을 미쳤으며 어떤 방법을 써서라도 그 구멍을 메워야 했다.

기다림과 신뢰, 그리고 거리 두기

어떻게 병태를 대해야 할까? 난 일주일 동안 병태와 지내면서 담임으로서 두 가지가 필요하다는 것을 깨달았다. 기다림과 신뢰였다.

병태와 인간적인 믿음을 쌓는 데는 그리 긴 시간이 필요하지 않았다. 병태는 좀 특별한 관심을 바랐고, 난 그 바람에 부응했다. 다른 아이들 모르게 병태에게 먹을 것도 챙겨 주고 둘만 하는 약속도 만들었다. 병태는 늘 배가 고프다고 했는데, 정말 배가 고픈 것인지 내 관심을 더 받고 싶어서 그러는 것인지 잘 구분이 가지 않았다. 그렇게 나와 병태 사이에 신뢰가 조금씩 쌓이면서 구멍이 조금씩 메워지는 것 같았다.

하지만 내 힘으로 어쩔 수 없는 힘든 부분들도 많았다. 병태는 여전히 공부에 마음을 두지 못하고 수업을 방해하는 행동을 하거나 거

칠게 행동을 해서 문제를 일으켰다. 내게 너무 가깝게 다가오면서 나에게 분노감을 심하게 표현하거나 버릇없는 행동을 할 때는 교사로서도 감당이 안 되는 부분이 있었다. 또, 병태가 어느 순간부터 내게 애착을 보이기 시작했는데 한동안은 쉬는 시간에 나를 졸졸 따라다니기도 했다. 계속 특별한 대우를 해 주기를 바라고 그것을 즐기기도 했다. 경계가 필요하다는 생각이 들었고, 병태가 내게 너무 의존하는 것 같아서 나에게 너무 가깝게 다가오지 못하게 조금 거리를 두기 시작했다.

억지로 들어간 기초학습반

그때 마침 기초학습반이 새로 생기게 되었는데 그것이 병태에게는 좋은 기회가 되었다. 기초학습반은 남한산에서 시행하기 전에 여러 논란이 있던 프로그램이지만, 잘하는 아이들보다 못하는 아이들에 대한 배려가 더 중요하다는 생각에 시행하게 되었다. 밖에서 볼 때는 남한산이 완벽한 학교 같지만, 기초학력 부진 문제는 이곳에서도 만만치 않은 문제이다.

처음 병태는 기초학습반에 들어가는 것에 대해 강하게 반발했다. 하지만 숙제를 면제해 주겠다고 내가 제안하자 기초학습반에 들어가는 것을 받아들였다. 늘 숙제를 해 오지 않던 병태였지만 숙제 면제라는 제안을 내가 자기를 특별하게 대우한다는 의미로 받아들인 것이다. 기초학습반을 맡은 정민경 선생님에게 나는, 병태가 무엇을 하든 따뜻하게 대해 달라고, 또 날마다 있었던 일을 기록으로 남겨 주었으면 좋겠다고 부탁드렸다.

2010년 12월 2일
수학 2쪽, 국어 2쪽. 병태가 열심히 잘 풀어냄.

2010년 12월 3일
국어 5쪽, 수학 5쪽. 병태는 할 때 집중력 있게 하는 편.

기초학습반을 운영한 1년 반 동안 하루도 빠짐없이 담당 선생님이 아이들의 상황을 기록해 왔는데, 병태가 집중력이 있다는 내용이 여러 번 나온다. 병태는 기초학습반 선생님과 좋은 관계를 맺었고, 2학기 때부터는 학습력에서도 조금씩 발전을 보였다. 어느 정도 기초 셈이 되었고 글을 읽는 데 발전을 보였다. 이제 병태에게 알림장 쓰는 시간은 좋은 공부시간이 되었다. 병태가 하루 중 가장 열심히 집중하는 시간이기도 했다. 예전에는 대충 썼지만 점점 시간을 많이 들이고 글씨도 바르게 썼다. 알림장을 안 쓰려고 반항하거나 저항하는 일은 없어졌다.

　책을 읽을 때 소리 내서 읽는 연습도 많이 했다. 기초학습반에서 기초적인 읽기와 글씨 쓰기 연습을 많이 했는데, 병태는 글쓰기와 셈 하기는 여전히 힘들어했지만 읽기 부분은 눈에 띄게 발전하고 있었 다. 특히 우리 반에서 국어시간이나 책 읽기 시간에 돌아가면서 한 줄씩 혹은 두 줄씩 큰 소리로 읽는 연습을 하는데 병태도 예외가 될 수는 없었다. 처음에는 병태도 하기 싫다며 저항을 했지만, 2학기 말 무렵에는 책을 읽고 내용을 파악하는 수준은 아니지만 자신이 이해 한 부분에 대해서 생각을 말할 정도는 되었다.

여전히 어려웠던 병태의 감정

　하지만 병태의 격한 감정 표현이나 공격성은 크게 나아지는 것 같 지 않았다. 병태는 다툼이 있을 때 주로 "○○가 나를 화나게 만들었 어요. 억울해요. 가만두지 않겠어요." 심지어 "죽여 버릴 거야."라는 말을 하면서 분노감으로 몸을 부르르 떨기도 했다. 내가 없는 자리에 서는 욕을 하거나 격한 표정과 신체적인 공격을 보이는 일이 잦았고, 가끔은 내가 보는 앞에서도 그런 행동을 보였다.

　병태가 감정을 다스리고 제대로 표현하도록 하기 위해서 나는 '있는 그대로 말하기' 연습을 실행해 보았다. 이것은 다툼이 났을 때 우리 반 모두가 실천하는 말하기 규칙이다. 있었던 사실을 그냥 그림 그리듯이 말하는 것이다. 그리고 감정이 들어 있는 말은 '있는 그대로 말하기'가 끝난 다음 할 수 있다. 왜 그랬는지를 먼저 말하는 것보다 어떤 일이 있었는지 천천히 그림 그리듯이 말하는 것이 감정을 다스리는 데 더 효과적이라고 생각했고, 그 방법은 병태에게도 무척 적절했다. 병태는 그림 그리듯이 말하는 연습을 통해 감정을 통제하는 훈련을 차근차근 해 나갔다. 그 효과는 조금씩 드러났다.

2학기 때 병태 문제로 병태 어머니와 전화 상담을 하게 되었는데, 병태 어머니로부터 생각지 못했던 이야기를 들었다. 병태가 아주 많이 달라졌다는 이야기였다. 완전히 다른 아이가 된 것 같다고 하면서, 특히 감정 표현과 생활 태도 부분에서 많이 좋아졌다고 하셨다.

12월 어느 날, 학급에서 안 좋은 일이 생겨서 과학 자료실에서 병태와 이야기를 나눈 적이 있다. 병태는 그때 마음 아픈 이야기를 하면서 하염없이 눈물을 흘렸다. 아직도 내게 말 못 할 비밀을 많이 간직한 듯해서 나도 마음이 아팠다. 다음 날 병태는 세 번째로 자발적인 숙제를 해 왔다. 그리고 집에 있는 볼펜(무슨 상호가 쓰여 있는 기념품인 듯한)까지 선물로 가져다주었다. 나에 대한 고마움의 표시였다.

병태의 선물

1년 동안의 사진을 넘겨 보니 병태 표정이 참으로 밝아졌다는 걸 알 수 있다. 처음에 나는 병태에게 과하게 긴장했었다. 옆 교실 선생님이 처음 병태를 데리고 왔을 때 병태에게서 뿜어져 나오던 거친 기운에 살짝 겁을 먹었던 것도 사실이다. 병태와 같은 반이 된 3월에는 내가 더 센 기운으로 밀어붙이려고 하기도 했다. 병태와 나의 기 싸움에 다른 아이들이 공연히 피해를 보았고, 역시나 힘으로 힘을 통제하는 방법은 아무 소용이 없었다.

병태는 아주 느리지만 조금씩 나아지고 있다. 병태는 내게 기다림과 신뢰가 얼마나 중요한지를 가르쳐 주었다. 나는 1년 동안 병태를 기다렸고 믿으려고 노력했다. 또한 병태를 통해 나 자신과 학교 교육에 대해서 들여다보게 되었다. 병태는 이 학교에서 가장 오래 근무한 나를 돌아보게 하는 거울과 같은 존재이다. 잘난 부분만 보고 못난 부분은 숨기고 싶은 것이 사람들의 이기적인 속성이 아닐까? 병태는 교사로서 내 모습을 있는 그대로 비춰 주는 거울이었다. 믿고 기다리는 만큼 아이들은 자란다는 말을 다시 한 번 되뇌어 본다.

저마다의 빛깔을 찾아서   박용주

　법륜스님은 『참자유』(정토출판 펴냄)에서 "참자유는 '깨달음'을 통해서만이 가능하다고 한다. 즉, '따라 배우기'식의 방법으로 가능한 것이 아니라 스스로 깨달아야 한다는 것이다."라고 했다. 교사로서 나는 그저 따라 하기만 하며 사는 것은 아닌지 되돌아보았다. 아무런 여과 장치 없이 마구 받아들이고 흉내 내며 살고 있지는 않은지? 나만의 깨달음과 자유가 필요했다. 남한산에서의 한 해는, 그런 자유를 얻고자 했던 한 해였다.

　교육 경력 7년차 즈음부터 찾아온 권태기는 나를 무척이나 힘들게 했다. 아침에 일어나면 출근하기 싫어 늑장을 부리다 지각하기 일쑤였고, 학교 건물에 들어서면 꼭 감옥에 들어가는 듯한 기분에 가슴이 답답했다. 아이들을 만나는 것도, 수업을 하는 것도 어느 것 하나 신 나는 일이 없었다. 형식적으로 만나 전달사항만 듣다 끝나는 교사 회의, 위로부터 일방적으로 내려오는 각종 지시와 행사들, 각종 점수 에 목이 매여 진실한 마음으로 소통하지 못하는 동료 교사들과의 관 계는 학교생활을 더욱 힘들게 했다.

이대로는 더 이상 선생 노릇을 못 하겠다 싶어 여기저기 돌파구를 찾기 시작했다. 먼저 찾기 시작한 것은 바깥 교사 모임이었다. 그즈음 놀이와 환경에 관심을 갖고 있던 터라 놀이교사 모임과 환경교육교사 모임을 기웃거렸다. 하지만 선뜻 용기가 나지 않았다. 심신이 고단해 져 있던 나에게 학교 밖 생활에 열정을 쏟을 만한 힘이 남아 있지 않 았기 때문이다.

그렇게 어느 곳 하나 마음을 주지 못하고 방황하던 차에 남한산초 등학교 이야기가 귀에 들리기 시작했다. 우연히 한 연수에서 만난 옛 동료 선생님을 통해 남한산초등학교에 근무하는 한 선생님을 만나게 되었고, 그때 들은 새로운 학교 이야기는 내 가슴을 설레게 했다. 내 가 사는 지역에 이런 학교가 있다는 것을 나는 그동안 왜 몰랐을까. 남한산성에 가끔 놀러 간 적은 있었지만 그곳에 이런 학교가 있는 줄 은 꿈에도 몰랐다. 그날부터 매일같이 남한산초등학교 홈페이지에 출 근 도장을 찍으며 글을 읽기 시작했다. 선생님들이 올려놓은 교육일 기는 한 줄도 빼놓지 않고 꼼꼼히 읽었고, 학생이나 학부모 심지어 졸

업생이 올려놓은 글도 모두 찾아 읽었다. 글을 읽으면 읽을수록 내 마음은 점점 더 남한산초등학교를 향해 끌려가고 있었다. 그렇게 마음으로 동경하다 여섯 달 뒤에 용기를 내어 문을 두드렸다. 그리고 정말 운이 좋게도 나는 꿈에 그리던 남한산초등학교로 발령을 받게 되었다.

'새 학교에서 새로운 마음으로 다시 시작해 보자!' 하는 각오로 시작한 남한산초등학교 생활. 그러나 이곳에 와서 처음 한 달 정도는 밤에 잠을 제대로 잘 수 없었다. 마음이 매우 불편하고 불안정했다. 이전에 학교를 옮겼을 때는 새 학교에 적응하는 데 별 어려움이 없었다. 그런데 이번에는 좀 달랐다. 이전과는 다르게 뭔가 낯설고 어려웠다. 그러던 어느 날, 정신을 차리고 보니 학교가 다른 것이 아니라 내가 이곳을 무척 다르게 생각하고 있다는 것을 알게 되었다. 남한산 선생들을, 아이들을, 학부모들을 다른 세상에 살고 있는 사람들로 생각하고 있었던 것이다. '아, 여기도 다 똑같은 사람들이었지!' 하는 생각이 들면서 조금씩 자신감이 생겼다.

한 달쯤 지나 학교생활이 편안해지면서 그동안 미처 보지 못했던 것들이 눈에 들어오기 시작했다. 출근하는 길에 창밖으로 새 이파리가 돋아나는 것이 보이고, 학교 옆 언덕에 느티나무 할아버지가 팔을 한껏 뻗은 모습이 보이고, 학교 앞 개울에 올챙이와 송사리 떼가 헤엄쳐 다니는 모습이 보이기 시작했다. 그리고 무엇보다 동료 선생님들과 우리 반 아이들과 학부모들이 편안한 모습으로 보이기 시작했다. 마음이 편안해지니 새로운 생각을 하게 되고 하고 싶은 것이 생기기 시작했다. 아이들과 함께하는 시간을 어떻게 보낼까? 이전 학교에서 하고 싶어도 할 수 없었던 일은 무엇이었나? 학부모들과는 어떤 만남을 이어 갈까? 하는 생각을 하며 내 생활을 차근차근 되짚어 보았다. 그리고 무엇보다 내가 이 학교에서 할 수 있는 것과 할 수 없는 것을 냉정하게 바라보려 노력했다. 찬란하고 화려한 빛깔의 무지개가 되기보다는 단조로운 빛이라도 분명한 나만의 빛깔을 찾아야겠다는 생각을 하게 되었다.

나만의 빛깔 찾기! 돌이켜 보면 남한산에서의 첫해는 나만의 빛깔을 찾고자 이리저리 헤맸던 한 해였다. 그리고 이 학교는 분명 한 명 한 명의 교사가 자기만의 빛깔을 낼 수 있도록 하는 학교였다. 스스로 주인이 되도록 만드는 학교 구조, 무조건 만나 머리를 맞대고 문제를 풀어 가는 이야기 마당, 가진 것 다 내어놓고 싶게 만드는 나눔의 자리. 이러한 남한산의 학교문화는 나로 하여금 스스로 제 빛깔을 찾아 갈 수 있도록 길을 안내해 주었다.

남한산 교사들은 시도 때도 없이 모인다. 툭하면 결정할 일이 있으니 모이라고 한다. 어떤 때는 별일도 아닌데 모인다. 그런 것쯤은 담당자가 알아서 결정하지, 하는 생각이 들 때도 많다. 이전 학교에서도 툭하면 모이곤 했다. 주로 동학년 모임이다. 대부분 동학년 모임은 부장회의 전달사항으로 채워진다. 뭐 하시고, 뭐 내시고, 뭐는 하지 마시라는 이야기가 대부분이다. 그다음엔 수다가 이어진다. 주로 관리자나 학부모를 흉보는 수다가 대부분이다. 남을 흉보니까 재미는 있다. 하지만 그 자리에서 일어나고 나면 왠지 씁쓸하다.

남한산에서 공식적으로 머리를 맞대는 시간은 교사회의 시간이다. 이 시간에 지난 한 주와 다음 한 주 이야기를 나누며 대부분의 학교 일들을 논의하고 결정한다. 교장, 교감 선생님도 한 사람의 교사 자격으로 참여한다. 교장이니까 더 이야기하거나 결정을 내리는 발언은 할 수 없다. 교사회의 시작은 늘 교실 이야기이다. 아이들과 있었던 사소한 이야기가 큰 토론거리가 되기도 하고, 수업하다 생각난 작은 아이디어가 다음 해 교육과정으로 들어와 버리기도 한다. 아이들 이야기, 수업 이야기를 하다 보면 시간 가는 줄 몰라 어느새 퇴근 시간을 훌쩍 넘겨 버리고 술자리로 이어지기도 한다. 술자리에서도 이야기는 계속된다. 술까지 한잔 했으니 더 진솔한 이야기가 이어진다. 교사회의에서 아이들과 수업 이야기가 중심이 되는 이유는 그 안에서 교사로서의 존재 의미를 찾을 수 있기 때문이다. 학교에서 아이들과 수업 이야기를 빼면 나머지는 여벌일 수밖에 없다.

물론 여럿이 머리를 맞댄다고 해서 반드시 더 좋은 방법을 찾아내는 것은 아니다. 때로는 일을 맡은 사람이 알아서 해결하는 것이 더 효과적일 수도 있다. 하지만 머리를 맞대고 얻어 낸 결론은 모두에게 동기를 부여하고 책임의식을 가지게 한다. 스스로 주인 되는 또 하나의 모습이다. 제대로 된 토론 한번 해 보지 못한 나에게 수시로 머리 맞대고 생각을 나누는 것은 참 어려운 일이었다. 그런데 한번 그 맛을 들이고 나니 이제는 자꾸만 이야기가 하고 싶어진다. 이 모든 것은 서로가 서로를 경쟁자로 보지 않고 협력자로 바라보는 문화 때문에 가능한 일이다. 삶을 함께 살아가는 동반자라는 생각이 들면 서로가 가진 것을 다 내어놓고 나누게 되며, 자신의 빛깔을 더욱 뚜렷이 할 수 있게 된다.

MBC 〈PD수첩〉이라는 프로그램에서 남한산초등학교를 소개한 적이 있었는데 그때 인터뷰를 했던 한 학부모의 말 가운데 이런 대목이 떠오른다. "여기는요, 학교와 학부모 사이에 소통이 잘 돼요." 다른 학교 학부모들도 학교와의 소통을 중요하게 생각할 것이다. 그러나 그 소통은 대부분 내 아이를 위한 일방적인 소통이지 서로의 건강한 성장을 위한 소통은 아니다. 남한산 학부모들은 소통 그 자체를 중요하게 생각하며 그 속에서 모두가 행복하게 성장할 것이라고 생각한다. 또한 모든 문제에 있어 개인적인 판단과 행동보다는 공동체를 위한 생각과 판단을 앞세운다. 그러나 점차 남한산이 좋은 학교라는 소문을 듣고 찾아온 학부모들이 늘어나면서 내 아이를 좋은 학교에 보내고 있다는 안도감에 머무르며 자신도 이 속에서 함께 성장하고 소통하려는 모습이 사라져 가고 있는 듯해 안타깝다. 내 아이만 행복하면 되고 내 아이만 성장하면 되는, 내 아이만을 위한 학교가 되어 가고 있는 것은 아닌지 걱정스럽다. 이러한 걱정이 현실이 되지 않기 위해서는 부단한 자기 성찰과 노력이 있어야 할 것이다. 또한 교사로서, 학부모로서 이곳을 찾아올 때의 초심을 결코 잊지 말아야 할 것이다.

나의 초심은 무엇이었나. 교사로서 세상에 첫발을 내디딜 때의 초심, 남한산에 올 것을 결심하고 이곳에 첫발을 내디딜 때의 초심, 그 초심이 사라지지 않도록 가슴 한 곳에 소중히 간직하고 나에게 주어진 길을 열심히 걸어가야겠다.

남한산에서 한 해를 살고 맞이할 또 한 해를 생각해 본다. 더 신나게 살기를, 더 행복하게 살기를, 더 자유롭게 살기를, 그리고 어느 순간 '턱' 하고 깨달음을 얻기를, 하고 바라 본다. 이제 또 한 해, '스스로 깨달음'을 위해…….

두려움 없는
배움을 향해

김영주

여행

대학 때 머리가 좀 아프거나 쉬고 싶으면 강원도 홍천에 있는 외가
에 가곤 했다. 그곳은 초등학교 시절 방학이면 내려가서 거의 한 달
동안 지내다 온 곳이기도 했다. 외가에서 쉬다가, 나오고 싶을 때면
가방을 메고 걸었다. 비포장도로를 걷고 싶은 만큼 걷다 힘들어 길가
에서 쉬고 있으면 버스가 지나갔다. 버스는 손을 들어 세우고 타면
되었다. 가고 올 때 전혀 부담이 없는 편안함이 좋았다.

교과서 공부하던 동료들과 프랑스에 가서 일주일 동안 자유롭게
다닌 적이 있다. 복잡한 전철, 밤에 일찍 문을 닫는 가게들, 카페가 발
달하여 어느 거리에서든 자유롭게 차 한잔하며 이야기를 나눈 기억
들은 정말 잊을 수 없다.

필리핀 민다나오 섬을 아들과 함께 여행할 때 항구에 가기 위해서 택시를 탄 적이 있다. 택시기사가 엉뚱한 곳에 데려다 주어서 몇 번을 다시 말했는데 그 장소가 맞다는 말만 되돌아왔다. 아들은 옆에서 무슨 영문인지 몰라 두려워했다. 나 또한 답답하고 당황하여 어찌할 줄을 몰랐다. 다행히 그곳에 아는 분이 있어서 전화를 걸어 해결을 했지만 위험한 상황인 것은 분명했다. 나중에 알고 보니 비슷한 지명이 두 개 있었는데 우리가 찾던 곳은 잘 알려지지 않은 곳이라고 했다. 자유여행은 말 그대로 자유롭지만 위험하기도 한 것이다. 그래서 우리나라가 아닌 외국을 나갈 때는 안전을 첫째로 고려하게 된다. 특히 식구들과 함께 갈 때와 치안이 좋지 않은 나라를 갈 때는 더욱 그러하다.

나는 방학이 되면 여행을 기획하곤 한다. 여행에는 두 가지가 있다. 이미 기획된 상품인 패키지여행과 스스로 기획하는 자유여행. 두 종류는 저마다 장점과 단점이 있다. 패키지여행의 장점은 안전이다. 가이드가 있고, 여행사에서 장소들을 미리 물색하여 여행자에게 소개해 주고, 이동수단은 무엇이고 경비는 얼마이며 어떤 선택을 할 수 있는지 알려 준다. 여행자는 손쉽게 선택할 수 있다. 이 안전성 때문에 난 아이와 여행을 할 때 패키지여행을 많이 선택한다. 이에 견주어 자유여행은 혼자 가거나 동료들과 떠날 때 선택한다. 갈 곳, 함께 갈 사람, 경비 등을 사전에 꼼꼼하게 알아보아야 한다. 패키지여행 중에는

특별한 일이 벌어지지 않지만 자유여행의 경우 새로운 사건들이 종종 벌어진다. 당황하고, 긴장도 한다. 하지만 그것이 풀리고 나면 마음속에 오래 남는 것이 있다. 무엇을 선택할 것인가는 여행자의 몫이다. 패키지여행의 안전성과 자유여행의 주체성 가운데 무엇이 적절한가를 판단해야 하는 것이다.

패키지여행

'삶을 가꾸는 작고 아름다운 학교'를 내세우며, 통합교육(온작품 읽기, 토요 통합수업, 블록수업, 숲속학교, 남한산한마당, 남한산성 걷기 순례), 창의적 재량특활(자치부서 활동, 계절학교), 새로운 문화(상장 없는 학교, 조회 없는 학교, 일제 시험 없는 학교, 아침산책), 학부모 참여 활동(아카데미, 반 다모임, 아빠랑, 여행 동아리 등) 등이 이루어졌다.

초기에는 이 자체가 새로운 시도였기 때문에 안전보다는 자유로움을 지향했다. 기존 학교에 없던 것을 도입하고 더 나은 교육 목적에 다가서기 위해 노력했다. 그런데 8년 가까운 시간이 지나면서 점점 안전에 초점을 맞추게 되었다. 초기에 기획한 시스템을 안정시키기 위해서 자유로운 기획이나 상상력은 제쳐 두고 효율적 운영, 안전한 운영을 꾀했다. 아이들과 교사가 만나는 구체적 장면에 대한 이야기보다 전체 아이들을 대상으로 무언가를 하는 프로그램 이야기가 훨씬 많았다. 교사가 아이들과 가장 많이 만나는 일반 수업보다 교사가 알아서 할 수 있는 재량 시간이나 주당 서너 시간 정도 되는 특별활동이나 아침활동 시간에 중심을 두었다. 그래서 외부에 소개된 남한산초등학교는 주로 뒷산에서 그네를 타는 아이, 계절학교 활동에 몰입하는 아이, 자유롭게 등교하는 아이의 이미지로 고정된 측면이 있다.

이런 프로그램들은 전 학년 모든 아이들을 대상으로 하는 활동들이었다. 활동이란 목적이 약하면 산만해지는 특징이 있다. 또한 저학년과 고학년에 어떤 활동이 어느 정도 필요한지, 차분한 아이와 산만한 아이에 따른 활동의 장점과 단점을 면밀히 이야기했어야 했다. 또 재량, 특활, 통합, 생활 등의 시간 이외에 교과수업시간과는 어떻게 관련지어야 하는지도 놓친 점이 있다. 프로그램이 된 활동들은 일종의 행사일 가능성이 높고 업무 담당자가 정해져서 몇 년 정도 진행이 되면 우리가 그토록 비판했던 기능주의로 빠질 우려가 높다. 기능주의는 부분들을 배우면 전체를 알 수 있다고 전제하는 것이다. 문제는 부분, 부분, 부분을 아무리 배워도 끝내 전체를 모를 수도 있는 데 있다. 부분은 전체를 알고 행할 때 의미가 생긴다. 이 활동들은 평소 하는 대부분의 수업과 어떤 관련이 있는지, 우리가 정한 교육 목적과 부합하는지 등을 질문하지 않고, 단지 지키기 위해, 안전한 진행을 위해, 담당자를 배치하고 업무 분장을 하는 차원으로 떨어질 수 있다.

2008년부터 교사회의에서 '교육 본질'에 대한 추구나 회복을 이야기한 것도 이와 맞물려 있다. 다양한 활동들의 의미, 지나친 활동만으로 끝나는 문제, 아이들의 산만함을 풀고자 하는 문제 등의 인식이 있었다. 우리가 세운 교육 목적을 다시 살펴보고, 우리가 하는 활동들을 이에 견주어 비판적으로 검토하는 시기였다. 남한산초등학교 하면 다모임, 계절학교, 블록수업으로 고정된 이미지는 어쩔 수 없이 패키지여행 상품을 연상시킨다. 그리하여 다른 학교에서 블록수업을 왜 하는지 모른 채 도입하여 80분 수업, 10분 휴식, 다시 80분 수업, 점심 50분을 주고 남은 시간을 합하여 영어나 수학 특기적성을 하는 경우도 있었다. 새로운 학교들은 우리 학교를 보고 계절학교를 도입했다가 많은 어려움을 겪기도 했다.

자유여행

지난 3년을 되돌아보면 목적을 정하고 본질을 추구하고자 열심히 하긴 했으나 역시 더욱 안정화시키려는 조치에서 벗어날 수 없었다. 차분함과 안정성은 확보할 수 있었으나 진정으로 배움과 나눔의 본질에 얼마나 다가섰는가 자문해 보면 자신 있게 그러하다고 말할 수 없는 것들이 많다.

이 문제의 핵심은 무엇일까?

핵심은 이러한 조치들의 주체가 교사였다는 데 있다. 교사가 기획한 프로그램이나 활동을 더 잘하거나 목적에 맞도록 하기 위한 실천들을 했지만 이 또한 교사의 한계 안에서 움직였다는 것이다. 패키지 여행 상품의 최대 장점은 안전성이고 단점은 누군가 이미 기획한 것을 따라가거나 선택해야 하기 때문에 주체적이지 않다는 데 있다. 배움의 핵심은 체험과 스스로인데, '스스로'가 약하다는 것이다. 스스로가 없다면 함께, 새롭게, 기쁨이 올 리 만무하다. 여행을 떠날 때 여행하는 사람이 스스로 장소를 정하고, 함께 갈 사람을 정하고, 경비를 정하고, 실제 여행을 떠나는 자유여행의 장점을 생각해 보아야 한다. 안전성은 창의성의 바탕이 된다. 최소한의 안전 조치가 있어야 주체들은 창의성을 발휘한다. 앞으로 4년은 그동안 쌓은 안전성을 바탕으로 학생 스스로 기획하고 실천하고 토론하고 글을 쓰며 삶을 가꿀 수 있는 핵심 과정을 함께 실천해야 한다. 어떤 특정 프로그램이 아니라 수업을 비롯한 모든 시간의 알맹이로 작용해야 한다.

외부 강사와 전 학년이 섞여 있는 계절학교의 산만함을 줄이기 위해 담임과 생각을 정리할 시간을 주어 하루 이야기를 나누게 하고 자료집에 글을 쓰도록 했다. 전보다 훨씬 안정적이고 차분했다. 하지만 계절학교의 주기집중제와 무학년제라는 취지를 학생 중심이란 초점

에서 다시 살펴보면 안전성과 다른 면에서 문제가 드러난다. 무학년제를 도입한 것은 먼저 배운 친구나 형, 언니들에게 배울 수 있다는 것과 먼저 알고 있으니까 모르는 친구나 동생에게 가르칠 수 있다는 것 때문이었다. 여름계절학교의 몰입과 겨울계절학교의 발표는 훌륭하다. 하지만 몰입과 발표 사이에 존재하는 '서로 배움'과 '주체적 배움'은 빠져 있거나 약하다.

교사가 기획한 프로그램 말고 학생들이 직접 기획한 프로그램들을 잘 살펴보면 배움과 나눔이 훨씬 잘 일어난 사례들을 쉽게 찾을 수 있다. 어찌 보면 이 이야기에 우린 더 관심을 갖고 어떻게 배움과 나눔이 일어나는지 알 필요가 있다. 바자회, 행사부 활동, 숲속학교와 바다학교 장기자랑 등이 이런 예이다.

계절학교처럼 무학년제로 모둠이 형성되는 바다학교 발표회를 보면, 스스로 음식을 정하고, 함께 잠을 잔다. 이때 프로그램 가운데 장기자랑이 있는데 하고 싶은 아이들끼리 모여서 준비를 하고 6학년들이 오디션을 준비해서 사전에 발표할 팀을 정했다. 사회자도 스스로 정하고 발표 당일에 공개했다. 그 어느 때보다 자유롭고 활기차고 솜씨도 뛰어났다. 보는 아이들도 재미있을 때는 앞에 나가 열광을 하고, 좀 지루하면 누워 있기도 하고 저학년은 모래장난도 했다. 교사들은 아이들이 교문 밖으로 나가지만 않는다면 관여를 하지 않았다. 마이크 설치, 시작 시간에 불러 모으기 정도를 해 주었다.

바자회도 비슷하다. 다모임에서 예고하고 물건 모으고 분류하고 물건 팔아 생긴 돈을 뜻깊게 쓴다. 여기서도 교사들은 안정성을 위해 바자회 뜻과 쓴 돈, 산 물건을 정리하는 작은 자료집을 만들었다. 이 또한 나쁘지 않았다. 핵심은 아이들 스스로 기획하고 실천하고 뒷정리한 것이다. 교사들은 길을 열어 주고 지원하면 된다. 아주 자연스럽게 스스로 진행하기, 선택하여 참여하기, 마무리하기 등이 진행된다. 누가 시키지 않아도 잘한다.

수업시간 중에도 이런 사례는 꽤 있다. 1학년 슬기로운 생활, 즐거운 생활 통합수업을 할 때 주제를 스스로 정하고, 만들 작품의 설계도를 그려 보고, 재료를 찾고, 작품을 완성하면서 아이들은 서로 이야기 나누고 재료를 나누어 쓰고 아이디어를 주고받는다. 돌봄짝과 텃밭에 감자 심으러 갈 때도 누가 시키지 않아도 동생을 돌보는 고학년 형, 언니를 따르며 배우는 동생들이 있다. 감자를 심거나 가꾸는 일조차 아주 쉽게 이루어지고, 배운 것들을 서로 공유하고 공감한다.

배움과 나눔이 일어나는 교육의 본질에 다가서려면 지금보다 훨씬 학생 중심의 수업이 필요하다. 이런 관점으로 모든 프로그램과 수업을 되돌아볼 필요가 있다.

졸업한 학생들에게 물은 적이 있다. 무엇이 가장 기억에 남느냐? 대학로에 연극 보러 갔을 때 자기들끼리 조를 짜서 표를 사고, 극장을 찾고, 관람을 한 기억이라고 했다. 남한산 초기에 몇 번은 교사들이 기획하여 연극 관람을 했고, 최근에는 아이들이 스스로 선택하도록 한 수업이 있었는데 아이들 마음에는 스스로 한 수업이 훨씬 오래 기억에 남아 있었다.

2008년부터 3년 동안은 그동안 했던 활동들에 대한 부족한 점을 보태고 깁는 과정이었다면 앞으로는 학생 중심으로 관점을 전환하여 일상을 점검해 보았으면 좋겠다. 보태고 기우려는 과정이었기에 단점을 보충하려고 애썼다. 앞으로는 또 한 축으로 있던 우리 학교 학생들의 장점을 더욱 확대해야 한다. 남한산 교육의 목표는 두려움 없는 학생이다. 두려움이 없는 데에서 자신감, 자존감, 정체성 확보가 시작된다. 사상가 크리슈나무르티는 현대 교육의 가장 큰 잘못이 학생들에게 두려움을 주는 것이라고 했다.

최소한의 안정성과 두려움 없는 배움이 계속되길 바란다. 두려움이 없어야 호기심, 탐구심, 자발성, 창의성, 기쁨, 나눔으로 갈 수 있다.

밤에 차 한잔 하며 책 한 권을 읽었다. 헬레네 랑에 학교 교사들이 쓴 진솔한 이야기 『만들고 행동하고 표현하라』(알마 펴냄)였다. 60년이 넘은 공립학교인데도 아직 우리와 비슷한 고민을 하고 있다. 다만 두려워하지 않고 좋은 점과 문제점, 고민을 진솔하게 드러낸 것이 그들의 내공이란 생각이 들었다. 다른 교육서들이 주로 잘한 것만 내세우는데 이 책은 구성원들의 진짜 고민이 들어 있어서 감동적이었다.

우린 이제 10여 년 되었다. 앞으로 60년을 가기 위한 작은 발걸음을 또 떼어야 한다. 작은 발걸음 없이 한 번에 가는 길은 없다. 또 이 길은 혼자 갈 수 없는 길이다. 교사 7명이 150여 명의 주체성을 열기는 쉽지 않다. 학부모에게 기대어 함께 가야 한다. 뜻을 분명하게 공유하고 공감하고 함께 실천하는 길이면 좋겠다.

집으로 돌아와서

여행은 돌아올 곳이 있기에 가능하다. 돌아올 안전한 집이 없다면 노숙 신세나 마찬가지다. 안전성과 자유로움을 모두 확보할 수 없다. 어찌 보면 안전한 집과 자유로운 여행의 균형 내지는 조화가 우리 학교의 현재 화두일지도 모른다. 여행을 하고 나서 앞으로 할 일들을 생각해 본다.

계승할 것과 극복할 것 사이에서 균형을 찾아, 두려움이 없는 아이들이라는 장점을 계승하고 안전성이 떨어지는 것들을 더욱 안전하게 만들기,
어떤 과정으로 우리 학교 아이들이 두려움이 없는지 원인을 분석하고 원리를 찾고 확대 적용하기,

기존 프로그램을 목적과 원리에 맞도록 재편하기, 새로 넣기,
함께 방법을 찾아 나가는 과정을 꼼꼼하게 짜서 실천하기.

집에서 편히 쉬며, 천천히 걸으며 생각해 보아야겠다.

서길원(보평초등학교 교장)

희망을 만드는
사람들에게

남한산과 추억

사람들은 삶의 흔적을 추억이라 말한다. 지난 이야기들을 다시 되돌아본다는 것은 삶의 해석이고 의미화의 과정이다. 내가 남한산을 떠난 지도 벌써 6년의 세월이 흘렀고 애써 거리 두기를 하며 살아와서인지 새삼스럽게 기억의 다리를 넘는 느낌이다.

점차 희미해져 가는 기억의 한 페이지를 더듬어 오늘의 시점을 살고 있는 남한산 식구들과 접속해 보기로 한다. 물론 그곳에서 오늘을 살고 있는 사람들처럼 절박하거나 애절하지는 않지만 그래도 덤덤하게 따뜻한 마음으로 어루만져 줄 수 있는 여유가 생긴 것 같아 좋기도 하다. 너무 특별한 의미를 부여하지 않고 여유를 가지고 남한산 이야기를 회상해 보는 것도 좋을 듯하다.

나에게 남한산초등학교는 남다른 추억이 있는 곳이다. 2001년 1월부터 6년 넘게 교직생활을 했던 곳이다. 여섯 해 동안 꼬불꼬불하고 가파른 남한산 산길을 오르내리며 봄볕에 산에 쌓인 눈이 녹고, 나무에 새싹이 돋고, 우거졌던 신록이 낙엽 되어 길가에 뒹구는 모습을 보며 지냈다. 그사이 다섯 살 때부터 이 학교 병설유치원에 다니던 큰아들이 어느새 중학교 졸업을 앞두고 있고, 작은아들은 올해 중학교에 입학했다.

그동안 남한산성도립공원 풍경도 많이 바뀌어 산성 중심부를 차지했던 식당가들이 사라지고 이제는 구한말 이전까지 광주 관아가 있던 행궁이 새롭게 복원되어 있다. 하지만 여전히 변함없는 것은 빽빽한 소나무 숲과 청록기와 단층 건물인 남한산초등학교이다. 이 학교도 한때는 복식 3학급으로 운영되는 전교생 26명의 통폐합 예정 학교였다.

처음 내가 남한산초등학교와 관계를 맺기까지 두 사람과 뜻깊은 만남이 있었다. 성남 지역에서 동화읽는어른 모임을 이끌다 '남한산초등학교 살리기 전입학 추진위원회'를 이끌던 정채진 씨와 2000년 3월에 남한산초등학교에서 교장으로서 첫발을 내디뎠던 정연탁 교장 선생님이다. 폐교되기만 기다리고 있던 남한산초등학교에 2000년 9월부터 2001년 2월까지 6개월 사이에 누구도 예상하지 못한 상전벽해와 같은 변화가 일어났던 것도 이들과의 우연한 만남으로부터 시작되었다.

폐교를 앞둔 남한산초등학교에 대한 남다른 애착도 있었겠지만 경쟁과 점수에 찌든 교육을 거부했던 학부모들의 희망과 한 줄 세우지 않는 교육을 해 보고 싶다는 초임 교장의 포부와의 만남이었다.

또 하나의 만남은 숨 막히는 근대 학교에서 탈주를 꿈꾸며 참교육을 외치던 교사들과의 만남이었다. 지금의 김영주 교장 선생님도 그중 한 분이다. 내가 처음 정연탁 교장 선생님과 만났을 때의 일이다. "이번에 들어오는 교사들 대부분이 전교조 교사들인데 괜찮겠습니까?" 내가 조심스럽게 여쭈었다. "고양이가 쥐를 잘 잡으면 되지 검은 고양이냐, 흰 고양이냐가 그리 중요한 것이 아니지요. 선생이 애들만 잘 가르치면 되지요." 교장 선생님은 이렇게 답했다. 이렇게 불현듯 다가오는 작은 우연이 뜻을 함께하는 사람들과 만나 필연으로 이어지게 된다.

하지만 교장 선생님은 이런 열린 학교 경영으로 인해 지역 교육청으로부터, 주변 교장 선생님으로부터 곱지 않은 시선을 받았다. 주위 사람들로부터는 전교조 교장이라느니, 교사들에게 쥐여 사는 교장이라느니 갖은 억측과 소문도 들어야 했다. 이렇게 세상을 거슬러 스스로 왕따를 자처하던 주변부가 이제는 새로운 학교 운동의 중심이 되었다.

남한산초등학교의 거듭남의 의미는 단지 폐교의 위기를 벗어남이 아니라, 우리가 처한 어떠한 조건 속에서도 한계를 희망으로 바꿀 수 있다는 것을 보여 주었다는 점에서 뜻깊다. 또 학교가 거듭난 지 12년이 되었고 세 번째 교장을 맞이했지만 여전히 전통을 지켜 나가고 있다는 점에서 좋은 모델이 되고 있다. 그렇지만 단지 전통을 지킨다는 것을 넘어 변화를 지향하고 계속 성장하고 있는지, 지속 가능한 성장의 관점에서 살펴보아야 할 과제가 남아 있다. 하지만 어느 누구도 쉽게 쓴소리로 담아내기 어려운 것이 남한산초등학교 이야기이다. 그 자체가 새로운 학교 운동의 역사이고, 이곳 교사들이 진정성 있는 삶의 문제로 교육을 고민하기 때문이다.

나 역시 남한산 이야기를 오늘의 시점에 비추어 말하는 것은 참 쉽지 않다. 한 발치 떨어져 살아가며 바라보는 입장과 과거 남한산에서 부끄럽게 살았던 삶에 대한 반성이 교차하기 때문이다. 이 글에서 남한산을 돌아본다는 것 역시 내가 살았던 남한산 경험에 비추어 볼 수밖에 없다. 6년 전의 남한산 생활의 기억을 더듬으며 그때 가졌던 고민을 오늘에 비추어 해석해 보고 의미를 찾아본다. 남한산의 교실 경험보다는 동료 교사들과 함께 나누었던 그때 이야기를 돌이켜 보며 남한산의 내일을 생각하는 데 도움이 되었으면 하는 바람이다.

가치와 공동체

"남한산초등학교는 학부모와 교사가 함께 '작은 학교 살리기 및 새

학교 만들기' 운동에 나섰기 때문에 처음부터 민주적이고 공동체적인 학교를 모색했다. 익명성이 보장되기 어려운 작은 학교다 보니 개방적인 학교 풍토와 사람 간의 소통과 결합이 소중할 수밖에 없었다. 따라서 남한산초등학교는 공동체 학교를 지향한다."

"남한산초등학교는 다 함께 만드는 새로운 학교공동체라고 내세울 정도로 교사와 학부모의 참여를 중시한다. 남한산초등학교가 학부모의 적극적인 참여로 새롭게 탄생한 점도 그렇고, 기존의 관료적이고 비민주적인 학교 운영의 관행을 극복하기 위한 방안으로 교사와 학부모가 함께 참여하는 민주적인 학교 운영을 모색했다는 점에서도 그렇다."

"남한산초등학교는 '참삶을 가꾸는 작고 아름다운 학교'라는 목표처럼 아이들이 건강하고 조화로운 삶을 살아갈 수 있도록 하는 교육을 하고자 한다. 남한산초등학교를 새롭게 혁신하는 가장 중요한 기준은 아이들이다. 그동안 국가 또는 학교장이나 교사들에게 있었던 학교의 주인 자리를 아이들에게 되돌려 주는 것이다."

남한산초등학교에 근무하며 내가 썼던 글이다. '열려 있다는 것, 민주적인 것, 그리고 아이들 중심'을 공동체의 가장 중요한 가치로 여겼

추 천 사

던 것 같다.

　많은 사람들이 각기 다른 생활 경험과 욕망 그리고 가치를 가진 채 남한산 식구가 된다. 남한산초등학교 교육 목표와 비전에 합치하는 사람만 모이는 것이 아니다. 이러한 조건과 근대 공교육의 틀 안에서 실험적 공동체를 만들어 가야 했다. 설렘을 안고 새로운 학교공동체를 만들기 시작했지만 가치를 지켜야 한다는 두려움도 함께 있었다. 낡은 관행과 틀을 바꾸고 학교 권력을 나누어 갖는 것에 대해 다수가 쉽게 동의하지만 교장과 교감의 입장에서는 쉽지 않은 선택이었을 것 같다. 학교장이 전통적인 권한을 내려놓는다는 것은 자칫 민주라는 힘에 의해 권력을 빼앗기는 모습으로 비추어질 수도 있고, 역할의 축소는 소외로 나타날 수도 있다.

　교사들은 관료주의에 의한 선별과 통제 교육을 비판하며 참삶을 가꾸는 공동체 교육의 가치를 중심으로 하나가 되고자 했지만 이 과정에서 사람에 대한 이해보다 가치가 중시되면서 서로 마음에 상처를 남기기도 했다. 남한산의 가치가 구성원의 신념으로 내면화되기까지는 기다림의 과정이 필요함에도, 지나치게 가치를 강요하고, 그것에 동의하지 않으면 배제되기도 했다. 가치가 권력이 되어 학교를 지배하는 힘이 되는 것이다. 이때는 학교의 가치가 서로를 이해하는 성찰의 도구가 되기보다 논쟁과 비난의 대상이 되기도 하며 구성원이 방관자로 전락하는 핑곗거리가 되기도 한다. 남한산 식구가 되려

면 치러야 하는 신고식 같은 잣대로서의 가치가 아니라 서로의 다름
도 인정하며 한곳을 바라보며 실천하는 공동체 가치는 무엇일까 고
민하게 된다.

아이들이 즐거운 학교, 아이들의 참삶을 가꾸는 학교라는 가치를
공유하며 교사는 하나가 되기도 하지만 이 때문에 상처받는 이도 생
긴다. 나는 남한산에서 어떤 교사 공동체를 꿈꾸며 살았는지 반성해
본다. 남한산에 살면서 교사로서 자신의 삶 이야기를 공개하는 일이
공유하는 기쁨으로 기억되기보다 부끄러움이나 두려움으로 기억되는
일이 많았던 것 같다. 개방을 말하지만 각각의 교실 속에 갇혀 참교
사가 되겠다며 혼자만의 성을 쌓은 것은 아닌지, 교사 공동체를 이야
기하면서 학부모에게 좋은 교사로 평가받고자 하는 욕심 때문에 동
료와 경쟁하지는 않았는지 반성해 본다.

가치와 구조는 지속 가능성의 중요한 요소이다. 하지만 이 역시 새
로운 경험들이 모여 새로운 문화를 만들 때 가능한 일이다. 우리가
추구하는 가치가 더 나은 세상을 만들기 위함이라면 서로의 다름이
어우러질 때 더욱 더 참다운 공동체를 만들 수 있지 않을까 한다.

추천사

자율과 규범

교사들에게 남한산초등학교 하면 흔히 선생님은 고달프고 아이들은 행복한 학교라고들 한다. 교사로서 보람이 있는 학교라고도 한다. 내 아이는 보내고 싶지만 내가 근무하기는 힘든 학교라고도 한다. 아이들이 참 밝고 활기차지만 차분하지 못하다고 말하기도 한다.

남한산 교육활동의 시작은 억압과 통제라는 권위적인 어른 중심의 학교문화를 존중과 배려라는 어린이 중심의 학교문화로 만드는 일이었다. 통제와 변별로 가르치는 학교를 존중과 배려로 배우는 학교로 만들고자 했다. 교사가 오랜 습성으로 익숙해진 통제 기제를 스스로 버린다는 것은 쉽지 않은 일이었다. 이것은 교사의 권위이고, 교실의 질서이고, 책무이기 때문이다. 더욱이 남한산에 처음 부임하는 선생님들이 이것을 받아들이기란 쉽지 않은 일이었다. 아이들은 무절제하고 버릇없어 보이기까지 한다. 해서는 안 되는 것은 있는데 해야 하는 것은 보이지 않았기 때문에 더욱 혼란스러워했다. 통제와 변별을 하지 않는 것은 알겠는데 이를 대신할 존중과 배려의 문화를 만들기 위한 교사들의 공동 실천 강령이 제시되지 않았던 것이다. 학교 규범이 약하면 결국 교사 개인이 익숙한 과거의 경험을 들고 와 학급 운영에서 개별적으로 실천할 수밖에 없는 것이다.

학교 생활 규범은 모든 교사가 함께하는 일관성과 지속성에 의해 이루어진다. 존중을 통해 존경을 배우고, 인정을 통해 배려를 배운다. 그러나 교사가 구체적인 행동 양식으로 규범을 보여 주지 못하면 가정에서 각기 길들여진 대로 교실에서 충돌하게 된다.

학교 규범은 억압적이어서는 안 되지만 엄격해야 한다. 교사는 아이들에게 엄격하기에 앞서 교사 자신이 먼저 도덕적이고 실천적이어야 한다. 이래야 학교 규범도 바로 서고 교실의 안정감이 생긴다. 공적 자아의식을 심어 주어야 아이들이 이를 통해 절제를 배우게 된다.

남한산에는 아이들에게 억압적인 생활지도는 없다. 교사들 또한 규율에 의해 통제되지 않고 교사 개인의 도덕적인 판단에 의존하는 편이다. 솔선수범, 사제동행하는 교사의 성찰적 행동 양식을 보고 아이들은 존중과 배려, 규범과 경계를 배우지 않나 생각한다. 참삶을 가꾸는 교육은 아이들이 공동체를 몸으로 배우는 과정이라 하겠다. 학교는 규범공동체가 되어야 모든 교실이 함께 편안하고 행복할 수 있다.

배움과 나눔

"학교 교육 목표인 더불어 사는 인간 교육, 삶을 가꾸는 교육이 일상적 교육활동 속에 녹아 있지 못하고, 각 교실의 교육활동의 개별성

이 강해 남한산 교육이 지향하는 색깔과 조화를 이루지 못하는 면이
있다."

"체험교육이 특별활동이나 재량활동 또는 일회적인 활동 중심에서
벗어나 교과활동 안에서 좀 더 통합적이고 일상적인 교육활동으로
실천되어서 삶의 변화를 이끌 수 있어야 한다."

"학교 내에서 사적인 관계, 개별적 소통이 강화됨으로써 일상적인
수업활동에 대한 긴장감이나 공식적인 연수 활동이 약화되고, 남한
산 교육의 지향과 철학을 만드는 일과 상호 성장하고 변화하는 힘이
약화되고 있다."

2006년 봄방학 때 남한산초등학교 교직원 연수를 마무리하며 정
리했던 글이다. 2005학년도 교육활동 평가와 함께 남한산 교육의 한
계가 무엇이고 그것을 어떻게 극복할 것인지를 확인하고 모색하는 자
리였다. 관료주의는 극복하고 교사 개인의 열정은 살아났지만 교실주
의는 극복하지 못하고 있다고 고백했다. 여전히 일상적 수업활동을
넘어 수업공동체로까지 이어지지 못함을 아쉬워했다. 해결책으로 생
활공동체, 협력을 배우는 교육과정, 학습공동체를 결의하며 제2의 도
약을 다짐했던 자리이다. 이때 나온 화두는 남한산 교육이 넘어야 할

과제이기도 했지만 오늘의 일반적인 학교에서도 이루어야 할 학교 혁신의 중요한 과제이다.

학습공동체의 목적은 어떻게 수업과 교육과정을 중심에 두고 교사 간의 소통을 통해 서로 성장하는 학교를 만들 것인가에 있다. 결국 남한산의 수업과 교육과정의 문제는 배움과 나눔의 문제를 고민하는 교사 간의 학습공동체를 어떻게 만들 것인가에 대한 고민에서 출발해야 했다. 학생의 체험학습에 앞서 교사의 경험이 필요하듯이 교실에서 배움과 나눔 수업을 이루기 위해서는 교사의 학습공동체 경험이 우선 필요하다. 학교를 개혁하기 위해 학교 환경을 아이들 중심으로 바꾸었고 삶을 가꾸는 교육을 위해 교육과정과 수업을 바꾸려고 애썼다. 하지만 그때 다 풀지 못했던 일이 교사의 집단 성장을 위한 학교 시스템과 문화에 대한 접근이 아닌가 생각해 본다. 교사는 교실 중심의 폐쇄적인 교육과정 운영에서 벗어나 공동작업과 공동실천이 가능할 때 학습공동체를 경험하게 된다. 이러한 교사공동체를 바탕으로 수업을 공개하고 공유하는 수업 성찰과 수업개발의 과정이 일상화되어야 하지 않을까 한다.

남한산초등학교의 실험은 우리나라 교사 운동의 상징이며 학교 개혁 운동의 등불이 되었다. 남한산초등학교에서 시작한 학교 개혁 운동은 작은학교 운동을 넘어 혁신학교 운동의 출발점이다. 외국의 이론을 이식하거나 접목하기보다 우리들의 경험과 상황 속에서 답을 찾고자 했고, 우리 교육의 어두운 현실을 교사의 자존감과 열정으로 극복하고자 했기 때문에 더욱 뜻깊다.

많은 사람이 함께 지나면 길이 되고 그 자리엔 흔적이 남게 된다. 남한산초등학교는 그간 새로운 학교 운동의 등불이 되고 희망이 되어 주었다. 남한산에서 밝힌 학교 개혁 운동의 불씨를 지키기 위해 애썼던 모습 또한 참으로 장하다. 이제는 뜻을 함께하는 많은 사람들과 들불이 되어 큰 길을 열고 있다. 이제 불씨를 나누고 새로운 불씨를 만드는 일 또한 중요하지 않을까 한다. 함께 성장하는 학교, 함께 꿈꾸는 학교를 만들어 가는 것이 이 시대의 새로운 학교 운동이라 여긴다. 함께 행동하는 것, 그리고 의미를 공유하는 것, 이것이 남한산 가족들에게 주어진 시대적 소명이고 새로운 시작이 아닐까 한다.

배움과 나눔으로 삶을 가꾸는
남한산초등학교 이야기

1판 1쇄 2013년 2월 15일   1판 5쇄 2018년 6월 8일
글쓴이 김영주 박미경 박용주 심유미 윤승용 황영동
펴낸이 염현숙   책임편집 이복희 엄희정   디자인 이지선
마케팅 정민호 박보람 나해진 우상욱   홍보 김희숙 김상만 이천희
제작 강신은 김동욱 임현식   제작처 미광원색사(인쇄) 중앙제책사(제본)
펴낸곳 (주)문학동네   출판등록 1993년 10월 22일 제406-2003-000045호
주소 10881 경기도 파주시 회동길 210
전자우편 kids@munhak.com   홈페이지 www.munhak.com   카페 cafe.naver.com/mhdn
페이스북 facebook.com/kidsmunhak   트위터 @kidsmunhak   북클럽 bookclubmunhak.com
대표전화 (031)955-8888   팩스 (031)955-8855
문의전화 (031)955-8890(마케팅) (02)3144-3236(편집)

ISBN 978-89-546-2060-4   03800

· 이 도서의 국립중앙도서관 출판예정도서목록(CIP)은 서지정보유통지원시스템 홈페이지(http://seoji.nl.go.kr)와
  국가자료공동목록시스템(http://www.nl.go.kr/kolisnet)에서 이용하실 수 있습니다.(CIP제어번호: CIP2013000617)
· 책에 실린 사진은 남한산초등학교 교사와 학부모가 제공해 주셨습니다.